韩松落 著

上帝是个不合格的药剂师

上海三联书店

序

韩松落

自 2004 年接了第一个娱乐专栏至今,八年时间,我写了上千篇娱乐随笔。电脑 D 盘的"娱乐随笔"名目下,有 38 个小文件夹,每个文件夹里,有三十到五十篇文章。当然,每篇文章因为反复修改,会以"××××2"、"××××5"的方式多次存在,但一千篇娱乐随笔,应该是有的。

这些娱乐类的文章,此前只结集出版过一次,就是 2010 年出版的《我们的她们》,当时遵照编辑的思路,选择了讲述女明星身世的篇目,重新进行了整合和修改。最终的成书,故事性较强,在网站摆放的时候,被放在了"传记"类别里。而随笔性质较浓的文章,之前并没出过书,这次选择了一些篇目,集中在了一起。

整理稿件的时候,是从后往前翻检的,看到最初写的那批文章时,不免为早先的自己生出一额汗,怎么能写得那样坏?文字坏,见识不够,还咄咄逼人。怎奈记忆无论如何也回不到现场,也插入不到当时的思维,不知当时的自己,怎么会那样写,那样想,只剩惘然。想起网上游荡的一个说法,说人身上的细胞每七年时间就会彻底更新一次，有没有依据不知道，但我再度看到那些文章，却完全是新人看旧人的心情，有一个人看另一个人的讶异。

这几年努力学习，努力磨平性格中的齿豁，多少是有点用的吧，至少，看见那些文章的时候，像被审讯间的白灯照着，每个字都格外刺眼。所以，最终选进书稿的，多数是2009年后的文章，未必多么好，但胜在多点温柔敦厚。

有几篇文章在《我们的她们》中出现过，这次又放进了这本书的"浮花"部分。我的想法很简单，当时那本书因为制作粗糙，很受诟病，但我有把握，那些文字不算坏，只是被阅读气氛带坏了。所以，我小小地选了几篇，想看看当它在较好的纸张、印刷、封面烘托下，会是什么结果。也是做个试验的意思。

娱乐类文字，在文字的世界里，似乎天然地低人一等。有位老师，也将我的随笔归入"泛文化随笔"，善意地回避了"娱乐"的属性。但我又觉得，娱乐类文字，比别的文字，更适合作为剖解人世人事的工具，也更具"黑匣子"功用，帮我们记录下一段时光，哦，迈尔克·杰克逊去世的那个夏天，曾轶可参加比赛的那一年……，所以《改变1995》里，唱给天堂里那个人的，都不是所谓大事，而是时间里的各种花絮。我整理文字的时候，也像打开盒子，这几年的事情纷纷跟着来了，不得不常常停下来。所以，就大大方方地保留它的"娱乐"标签吧。

要感谢彭毅文，她给了我自由度，容忍了我在不自信驱使下的反复修改——我校对和修改后寄回的，几乎是另一部书稿，还要谢谢上海三联的黄韬老师和王笑红老师。也要感谢刊发这些文章的老师们，叶倾城、徐庆华、邓雁、黄佟佟、汤灏、刘奕伶、闵小丽……希望没把你们的名字写错。

还要特别感谢马凌老师（豆瓣上的 malingcat），这本书中《上帝是个不合格的药剂师》一文的题目，来自马凌老师为《隐疾》所写的书评。后来，彭毅文在众多题目中，相中它作为书名。我跟马凌老师写了豆邮，讨这个书名，她爽快地答应了。

一本书，其实也是一场戏，现在，与戏有关的前情，都交代得差不多了，就让铃声响起，大幕拉开，让娱人娱事背后的记忆纷涌而出。

目录
CONTENTS

浮

世

你看到的只是第一排水果

一个国外笑话说，有长官视察部队，发现相貌堂堂身材挺拔的军人都被排在队列的最前排，于是叫来该部队的领导者询问，得到的回答是，排队列的那个军官，以前是摆水果摊的！

世上所有绚丽的、凛然的、颠扑不破的传说、神话，恐怕都是这么来的，传说制造者更愿意让我们看到的，只是第一排水果。

最近上映的怀旧电影是摆水果摊的。它们所描绘的七八十年代，以及七八十年代的面孔，是无比干净、纯洁的。电影最后呈现给我们的情节、画面、情调，也无比干净。好在那个时代离我们还不算太远，虽然因为种种原因面目不清，到底还在口口相传中，于是我们知道，那个时代并非完全如此。那些干净的脸，干净的爱情，是摆在第一排的水果。

《公爵夫人》、《另一个波琳家的女孩》、《伊丽莎白》、《绝代艳后》（导演这片的姑娘刚凭一部名不符实的作品在威尼斯弄到了金狮)……所有这些以19世纪以前的欧洲为题材的电影,是摆水果摊的。它们给我们看到的老欧洲,被古堡、光洁明亮的大厅、烛光映照的晚宴、美女华丽的裙摆遮盖着。但无数关于20世纪前的欧洲卫生状况、流行病、洗浴历史的书,却告诉我们,那时候,城市公共卫生设施极差,巴黎伦敦都臭气熏天,人们随地大小便,从窗口就可以把屎尿倒下来,洗浴被视为禁忌,要用洒香水和扑香粉来遮掩身上的气味。这些电影给我们看到的一切,是摆在第一排的水果。

那些美丽的印度歌舞片,是摆水果摊的。印度歌舞片里的那个世界,往往整齐、华美,看不到一丝杂质,爱情也浓烈、鲜艳,看不到一点瑕疵。但奈保尔的《幽暗的国度》,却描绘了印度人的另一面,印度人"喜欢到处解大便","通常他们蹲在铁路两旁,但兴致来时也会蹲在海滩、山坡、河岸和街头上",巴士车站的排水沟,也是方便的好地方,等车的时间,通常被紧密利用。读了这本书,简直不能再看印度歌舞片,他们华丽地舞蹈着,他们热烈地吐露真情,而我终于爆笑了——他们洗手了吗?歌舞片里的歌舞青春,是摆在第一排的水果。

就连陈丹青先生,最近也摆起了水果摊。他用《笑谈大先生》、《起起民国》等文章,给民国时代的人们安排了一张张坦然率真的脸,这些脸满载"民国范儿",拥有一副好看的"样子",例证则是照片上的鲁迅、胡适甚至苏州河棚户区不卑不亢的女人。但我们却能通过照片,看到另外一些民国的脸,围观行刑者木然的脸，花园口决堤后灾民憔悴的脸。所以网友朱衣点评认为，照片是一种压缩，经过了时间淘洗、人为选择、有意遮蔽，并非事实的整体，那些拥有好看样子的民国人，只是人群中的极少部分，那些让他们看起来美丽、凝重、深沉的照片，其实也只代表他们生活中的一刹那。他们的所谓风范、风神，其实也是摆在第一排的水果。

而所有这些摆水果摊的人，之所以勤勤恳恳地挑选出好水果，并精心地摆设给我们看，根本的动力，来自我们。我们需要这种美化，完成我们的意淫，我们需要这些美化，帮我们印证一种社会理想、生活理想。对"水果摊"的美化，其实是摆水果摊的人和我们合力进行的。所以，雷蒙·钱德勒的《漫长的告别》中，那个畅销书作家明知道他写的历史小说里的"雅意和闲情，决斗和壮烈死亡"全是谎话，其实他们"搽香水是代替肥皂，牙齿从来不刷"，但他知道他若真这样写，他就将"住在康普顿一幢五个房间的住宅里——这还要靠运气"，而不是住在现在的湖边大屋里。

因为，我们更愿意看到第一排水果，那是我们的奔头。而我们，也常常在遮蔽和追究中、在伪饰和揭露中摆荡。

所以，不要迷恋传说，不要为任何神话心荡神驰，不论那是与一个人、一件事，或者一个时代有关的传说，更不要试图在其中寻找真意，寻找企及之道，那些传说、神话，都是被制造出来的，而造就传说的方法，也非常简单：把所有好看的水果，摆在第一排。

权力晾晒场

　　一天之内，两岸三地，三对名人结婚，这边是周立波和胡洁，香港有杨千嬅和丁子高，台北则是黄国伦和寇乃馨。三场婚礼的消息，占据了从网媒到纸媒的大部分版面，以至于网友在微博上呼吁，明星们还是隐婚的好！但，身在名利场中的他们，怎么可能悄没声息地结婚？婚礼，其实是一个最理直气壮也最貌似花团锦簇的权力晾晒场。

　　其中最典型的，是周立波与胡洁的婚礼。众多名人到场，台湾的星云法师证婚。而事前，三大门户网站都提前预告，并做了专题，对现场进行直播，婚礼且以公益为名，现场礼金324万元和来自企业家的捐款，一共三千六百多万元，全部归入在婚礼第二天成立的海派清口公益专项基金。

　　到场的都是重磅名人，场面做到十足，婚礼上每个环节都被反复放大，嘉宾的片言只语都瞬时通过滚动新闻和微博进行直播——不可能更高调了，而且，婚礼还以慈善活动收尾，让人想起很久以前的一个小幽默，有人问一群孩子，他们长大后的理想是什么，孩子们的回答，有科学家运动员明星等等，只有一个孩子答：慈善家。所谓慈善，是最严格的资格认定：富有到可以给出去的地步，富有到可以号召众人一起给出去的地步，资财、声望、人脉，缺一不可。

最耐人寻味的，是这场高调的婚礼发生的时机。婚礼前的周立波，正在漩涡中心，与前妻和合作伙伴的交恶、微博和公开场合发表的言论引起的巨大争议，都使他的形象受创，但这场名流云集、花团锦簇的婚礼，却分明确认了他的权力，向公众呈示了他现在的位置，经过这次晾晒，他顺利地进入了"他们"的行列，并给无知群众以极大的震慑：所谓舆论，不过是浮云。

可与之参照的，是刘嘉玲和梁朝伟的大婚，这场婚礼，有异曲同工之妙，不但婚礼选在不丹，对媒体设限，到场名人也经过了严格筛选，这场婚礼，让刚刚经历了巨大危机的刘嘉玲彻底翻身，她作为社交女皇广告女皇的地位，得到极大巩固。

明星有常人的一切需求，会经历常人经历的一切人间事务，但这些需求和事务，都不能以常人标准来看待，他们的身体，是商业场所，如玛丽莲·亚隆所说，连她们的乳房，都是"商业乳房"，他们的隐私，是商业的时机，就连他们的精神疾病，在《隐疾》一书的作者看来，也是他们强烈个性的构成部分，促使群众加深对他们的景仰。而他们的婚礼，更是如此，并非一个亲友小聚之处，而是重要的权力晾晒场。

跑步奔向完美世界

　　看反乌托邦电影时，老觉得里面有什么不对劲，后来明白过来了——是笑。那里面没有笑，不论《银翼杀手》、《美丽新世界》或者《超完美地狱》，里面的人全都不笑，在那个高度控制、景象肃穆的未来世界里，所有人都带着被切除脑白质的人才有的木然表情，在干净明亮的城市里走来走去，北野武这种面瘫患者，最适宜出演的，其实是这类电影。

　　为什么不笑？因为笑意味失控，在大笑时，很难同时想或者做别的事情，笑是溢出，是对秩序和节奏的打破，笑也是稍高的智慧反应，所以会成为人类与他人交流的最古老的方式，成为密码和暗号，成为让一群人团结起来的手段，哭却不能，哪怕是为灾难电影同哭也不能。黄蓓佳小说里，有一对情侣，男方文化程度略高，女方在这方面处于劣势，因此耿耿于怀，两人一起乘电梯，男的和女同事轻度调情，用了典，称对方的手是"肮脏的手"——来自萨特，电梯里的人都笑了,这位女友笑不出来,顿感被排除在外,大怒,一场兴兴轰轰的情海风波,就此拉开帷幕。显然,在一个需要高度控制的世界里,笑是死敌,在一个所有人不能有差异的世界里,笑是最大的威胁。

这可以解释,一场轰轰烈烈的反"三俗"运动,为什么要从郭德纲这样一个说相声的人开始,而不是先拿歌手、舞蹈家开刀,因为,让人笑,就得俗、得急智、得在不可控的边缘游走,而且,更糟糕的是,郭德纲的段子是一种不打算让所有人笑的段子,是新的、年轻的、向网络汲取力量的、粗野生猛未经驯化的,与那些被驯化的、去除了密码的相声小品有异。有人笑,却有更多的人不明就里,这是一种极大的冒犯。显然,让人笑和让人思考一样,都是最危险的职业,笑或者不笑,让谁笑和谁笑,都是政治。

但,让人笑,是无法定罪的,幸好有道德,道德就像橡皮圈,有弹性,可大可小,可有可无,随时可以被劫持,是最好的清理工具。而郭德纲也不是完美的人,性格和为人处世都有缺陷,即便因为被人万箭齐发地攻击而成为一个悲剧英雄(这是这种清理运动的奇特效果),也不能掩盖这种缺陷。被劫持的道德由此启动,而他也如人所愿,略加激发,就提供了清除的理由。

在奔向完美世界的路途中,这种清理会越来越多,这种以杀死世俗生活细胞为目的的化疗将是常态,电影里,摘掉一切杂乱的生活场景,现实中,摘掉不完美的、有冒犯之意的人。我并不希望我们身在的世界,成为一个"完美世界",人仅仅因为惹人讨厌就被清场,为此,我甚至愿意重新审视郭德纲。

大大方方爱上爱的表象

捐款、义演、祈福、奔赴现场救助、通过博客及微博将灾区的讯息传播出去……频繁的灾难背后,是明星慈善表现的日渐成熟,旱灾和青海玉树地震之后,演艺圈众人的反应迅捷、理性、有序,得到各方肯定。

慈善表现越来越流利,慈善行动越来越规范,深究起来,其实是一件非常沉痛的事,这从另一个侧面说明了灾难发生的次数越来越多,间隔越来越短,以至于让人们的忘却机制都来不及发挥作用,以至于让慈善行动的带头人们越来越熟练,这种熟练,是一种惨痛的熟练。

不过,这种迅捷有序,有助于明星慈善行动两重功效的顺利发挥,这两重功效,一重来自于实际的援助,包括明星本人的援助,明星建立的慈善组织提供援助(例如"壹基金"),作为新生事物的粉丝基金会的援助(例如"玉米爱心基金");另一重是他们的行动对整个社会的心理治愈，像祈福、微博转发灾区讯息这种行动，看起来，作用是非常微小的，前往灾区救灾的人们，恐怕难得有机会上网查看明星博客上转发的救援注意事项、灾区地理状况等讯息，陆川在博客上回忆灾区旧貌，也不会对灾区现状产生影响，但他们所传递的信号是，所有人都在关注、在回应，这是对整个社会的心理抚慰，是对创痛的擦拭。

不过，一直以来，与明星的慈善表现紧跟在一起的，是人们的"作秀猜疑"，因为明星的工作性质，总有人认为，明星的慈善行动，是表演，是为引人注目，带有作秀的性质，最终达成的是形象塑造或者重塑的目的，具有浓厚的功利性质，在确认这一点的基础上，人们又会慨然表示"即便作秀也比不作秀好"。尤其是那些捐款和现场救助之外的、貌似作用微小的行动，更容易招来这种猜疑。

电影《心灵捕手》里，那个少年天才总是否决别人的善意和爱意，因为他出身贫寒，生性自卑，生怕遭到别人拒绝，于是抢先进行拒绝。这种"作秀猜疑"其实有着相似的心理基础，先否定，然后部分地肯定，其基础，是性格深处的自卑和不信任。

世界上不存在绝对的、毫无瑕疵的爱。在明星的慈善表现面前，我们所要做的是相信，哪怕那只是表象，这种相信，是对自己的最好抚慰，也是对来自他人的抚慰最好的回应。

在灾难面前，剔除词典里的"作秀"词条，大大方方，爱上爱的表象。

不惊慌

　　仅仅十年前，当我们在影像、文字和传说里遥望伍德斯托克的风华时，大概不会想到，十年之后，我们会拥有如此之多的音乐节，只"五一"期间，就有迷笛、草莓、朝阳流行音乐节、河北易县音乐节、成都热波音乐节，还有数之不尽的小规模音乐节，比如昆明狂欢节的国际音乐节。

　　音乐节风潮，是富裕年代的必然，却也是实体唱片消亡的结果，在数字音乐的收益混乱不明的过渡时期，被挤压出来的音乐能量，必须找到一个去处，于是走下神坛走进现场，于是培育市场营造风尚。当然，即便在中国唱片业的黄金时期，摇滚乐也从没能真正成为主流，但少数乐队的成功，毕竟提供了一个可感可触的愿望蓝图，而现在，这个蓝图也不存在了。

　　受到影响的，不只有音乐人。在微博上，看到了著名媒体人的提问：如果纸媒消失了，他该怎么办？较为现实的回复是：新媒体。较具抚慰感的回复是:新闻不会消失,只是换了载体,或者形式。

其实,所有的安慰都只是自我安慰。稍往前看,最惊心的发现是,所有曾被科幻小说预言过的,多半已经发生,还有更多,是没有出现在预言中的——比如我们此刻的反应。我们只有互相安慰,说服别人的时候也说服自己,像佩索阿说的:"我们所有的人组成了一个伟大的亲密集群,在命运的队列中用词语的臂肘互相捅来捅去"。

很可能,改变的不只是形式。网上疯传的文章《我们正进入另一个黑暗和无知的时代》里,《最愚蠢的一代》一书的作者马克·鲍尔莱因认为,"数字技术与青年力量的合谋"的结果,是"我们正在进入另一个黑暗和无知的时代。人类延续了数千年的知识,理性的传统,也许就这样结束了,剩下的只有娱乐和成功。"

当然,思想者一向有他的过分悲凉,但可以知道的是,我们已经进入的,未必是黑暗和无知的时代,却铁定是最动荡的时代,一切都在朝生暮死、迅速消亡,明天就是新的一天,那种动荡和重创,一点不比战争和动乱年代来得少。

只恨人类的生命经验传递实在有限,只恨,身体里没有一颗老灵魂,承载着从前的全部记忆,使我们面对地裂山崩面不改色。像我,有限的自我安抚,也只来自亲人留下的片言只语:卖了水地投奔革命的那天,他竭力让自己不惊慌,饥饿来临接受西部垦荒决定的那天,他竭力让自己不惊慌。如果有一天,所有的技艺都没了去处,曾经珍惜护持的全都要重新来过,也得试着像他们那样,不惊慌。

像最先接受了变动的音乐人们那样,走出录音室,日日奔波在去演出现场的火车和飞机上,并且面带坚忍之色。

漫画化的社会现象展示台

　　如果有一个电视节目，能把经济、民生、时尚、欲望、隐私、亲情等等元素一锅烩，那么，这个节目绝对不是新闻类节目不是电视剧，而是江苏卫视的相亲节目《非诚勿扰》。一个相亲节目之所以得到了大于一个相亲节目的关注效应，全因为后面有整个时代在衬底。

　　这是相亲节目能够卷土重来的真正原因。中国电视史上的第一波相亲交友节目热潮，发端在还不那么狂躁的 20 世纪 90 年代末，由湖南台在 1998 年创办的《玫瑰之约》，曾被全中国的电视台模仿和照搬，但现在看来，那些节目还真是定位于相亲与交友，并没负担这么多的话题性，所以，所有嘉宾努力表现的，还真是自己较为美好的一面，粉饰之，润色之。

　　而《非诚勿扰》却略为复杂，它是漫画化的社会现象展示台。看上去，它与湖南卫视引进的《我们约会吧》多有相似，所以，湖南卫视才会向广电总局提起申诉。但微妙的区别是，《非诚勿扰》不满足于温情斯文的相亲交友,它甚至没打算促成任何一对男女,连装出这种态度都不肯,它要的是鲜明的话题性,凶狠的两性搏杀,以容纳那些困扰着人们的现实问题,金钱、房价、家庭关系、剩男剩女,它是撕破脸的、夸张的社会漫画。当然,《非诚勿扰》能有的,《我们约会吧》里其实都有,但凡事一定要强烈到一定限度,才会触到人们的 G 点,《非诚勿扰》鬼使神差地,找到了这个限度,触到了这个点。

有演艺前科的男女,被选出来进行搏杀,也唯有他们,能够胜任这么高强度的、夸张人性的展示,马诺、潘奕、夏燕等人,被分派了角色,你,拜金女,你胸大无脑女,你,浅薄的富二代,所有人心领神会,马上入戏。当年,担任重庆卫视《第一次心动》巨星招募活动评委的周稚舜曾说,这个节目就是要"把孩子们身上不良的东西挤压出来"。而《非诚勿扰》更进一步,所有人不需要挤压,经过了芙蓉姐姐到凤姐的洗礼,人们已经知道,富有刺激性的,未必是美的,他们需要做的,是迅速进入天涯情感论坛 JP 帖的情境,演好活报剧。

但观众在知道他们与演艺界有染之后,也并不真正计较,因为,观众在意的不是他们身份的真假,而是他们所代言的话题的真假,以及与时代背景的紧密度,设若有个刘慧芳式女性(即便身世完全属实),征求一名愿意和她一起抚养弃婴的男士,一定会在几集内被轰下台,观众要什么样的故事,要什么样的人来代表,其实一目了然,

这是一场浓烈的戏,看似去掉了脸谱,其实恰恰是戴上了脸谱,但唯有如此,才能提供给人们消费、投射、参与的狂欢。

真假是否有那么重要？

　　以《非诚勿扰》为代表的电视情感节目，最近饱受媒体质疑，大部分质疑都集中于一点：以真事之名行表演之实，有没有愚弄观众的嫌疑？观众在发现节目嘉宾多半是托之后，会否放弃观看？

　　的确，在全社会的热切注视和人肉搜索的运转下，《非诚勿扰》中的嘉宾，几乎无法遁形，他们多半是演艺圈边缘人，和表演事业有着千丝万缕的关系，他们在节目中的身份、性格，都是经过重新包装的，显然，对他们来说，在《非诚勿扰》里露面，混个脸熟的动机，远比征友的动机要强烈，

　　那么，是谁推他们上舞台？回答之前，先回顾下芙蓉姐姐最近两次亮相，一次是在 2009 年中国互联网经济领袖论坛上，她穿着得体，仪态端庄，言辞还颇为犀利，和旁边那位主持人比起来，竟然别具风范，另一次是在门户网站的采访里，网站请她评价罗

玉凤,她态度谦虚,措辞文雅。那一刻,相信所有人都恍然大悟,原来,那个癫狂的芙蓉姐姐,是她演出来的。这样的她,要比文雅正常的她更引人注目,也更容易得到回报。让芙蓉姐姐癫狂出演的,正是诟骂她的群众。

《非诚勿扰》中的马诺,如果是一位温柔素雅的女孩,而不是一位矢志不移的拜金女,显然不会那么夺目,她的座右铭,如果是来自居里夫人的格言,而不是"我宁可坐在宝马车里哭",显然不足以为节目带来话题,制造引爆点。

他们在一档以真实性为诉求和卖点的节目里表演,只因为我们需要,推动他们上节目并进行表演的的力量,正是来自我们。现实世界是混沌的扁平的,所以我们需要看见鲜明立体的、夸张的、戏剧化的人和事,我们并不在乎真假,却在乎是否刺激到我们,并愿意为此付出酬劳。何况,引人注意是人的天性,美国的"黑色大丽花"、"十二宫"、"绿河"案件以悬案形式存在的多少年中,无数人主动认罪,承认自己就是凶手,只为被人注意和议论,所以,即便是一些与演艺圈无染的普通人,一旦走进这个节目,恐怕也会不由自主地夸张自己的性格,抛出惊人之语,以便吸引注意力,被人注意,就是一种酬劳。

几厢情愿之下,电视台、嘉宾、观众迅速达成默契,嘉宾略加点拨就顺利入戏,观众的心在半真和半假之间摆荡,戏剧化气氛渐渐达到顶峰,《非诚勿扰》由此大获全胜。

认为自己被这类节目愚弄,多半是因为没有好好打量人群的需求。你当真相信,一个电视节目需要以真实性(身份的真实和性格及情感的真实)作为甄选嘉宾的前提么?观众当真有那么在意嘉宾身份和性格的真假么?他们多半不需要,他们其实不在乎。

沉默的大多数

　　央视 2010 年"我最喜爱的中央电视台春节联欢晚会节目"评选结果出炉,小虎队《再聚首》、赵本山小品《捐助》、刘谦魔术分别在三个类别里名列第一。争议于是出现,并集中在了赵本山小品《捐助》的夺冠上,网易娱乐调查结果显示,62.7% 的网友对赵本山小品获一等奖不满,认为"明显与民意不符"。

　　各种观点纷纷涌现。有人提出"最高指示说"——该小品主题健康和谐且赚钱够多,赵本山又是带病上春晚,自然获得央视高层力保,还有"惯性说"——赵本山小品获第一是春晚的惯性,"矬子拔将军说"——春晚节目水准不过如此,难免令它有了鹤立鸡群的风姿。这些观点显然默认了两点,一,赵本山小品是粗劣的;二,夺冠是操作是均衡的结果而不体现民意。

　　但,有没有一种可能? 赵本山夺冠,恰恰是因为民意? 那些投票,完全有可能是真实的? 发表意见的,可能恰恰只是少数,站在对面的，是沉默的大多数，他们没有发表意见的习惯，也没有发表意见的领地，甚至根本没有意见，他们只是被挟裹、被左右、被影响着，去消费、去投票，甚或什么也不表达，这可以解释很多我们解释不了的事，是的，许多畅销书都"恶评如潮"，但照旧创造销量奇迹，连天价的限量版都被抢光，是的，房价已经"恶评如潮"，但普通人依然漏夜排队，争抢连房子的影子都算不上的房号，是的，你没有，我没有，那么是谁？是沉默的大多数。

民意，可能是一种假象，是人们偏好伪装、观点粉饰的结果，却未必能被当真奉行，网络民意，更有可能，只是一群持有相同意见者的聚会，在沉默的大多数面前，批评，很可能是没用的，或者作用微小的，最终不得不沦为一种精英焦虑。海那么深，我们只是露头看见了彼此，就意气风发地以为，那是全部。

非如此不可：既承认我们身处的是"一个杂乱的时刻"，正视自己对面那沉默的大多数，不为自己的意见落空而做出瞠目结舌状，在质疑别人的同时也质疑自己，却也并不放弃烛照的努力。

我们生活里的凯门鳄

意大利导演南尼·莫瑞提,曾经拍过一部名叫《凯门鳄》(《政坛大鳄》)的电影,电影在 2007 年上映,得到了很多荣誉。

是一部戏中戏,主人公是导演,人到中年,濒临破产,得到最后的机会,拍摄一部影射意大利总理贝卢斯科尼发家史的电影,虽是烫手山芋,但他别无选择。他危机四伏的生活,和电影中那个左右了一切的强人纠缠在一起。影片最后,强人总理被判有罪,但他通过他私人拥有的媒体集团控制了群众,当他走出法院时,人们把石头丢向法官。

用"凯门鳄"为电影命名,是因为,鳄鱼是凶悍的动物,尤其是黑色凯门鳄,更是其中体型较大的一种,对人具有很大的威胁。凯门鳄隐喻的是普通人生活中,那些强悍的存在,那些绕也绕不过去的人和事。

每到大片上映,大佬们发表强悍宣言时,都足以让人产生那种感喟:他们,就是我们生活里的凯门鳄,他们可以拍摄电影,可以占领好档期,可以没有上限地调动一切资源,可以控制媒体,可以和别的强人对峙,可以毫不掩饰自己的动机和表情。普通人所能做的,只是接受,被动地接受讯息,被动(尽管看起来是自觉自愿)地走进电影院,在被影响的状况下,被动地做出一点判断、赞美或者诟骂,而这对凯门鳄毫发无损,一切谈论、愤怒,最后甚至都成为变相的关注。

社会行进到一定阶段,由平凡人铸就的那些力量,就会被完全消解,强人一旦崛起,走到一定位置,就能控制媒体(或者别的足以对普通人产生影响的方式),就可以用个人品味影响整个国家。甚至用变身为流行偶像的形式,柔化他行进过程中的一切血雨腥风,普通人只有被动地接受一切,懵懂地笑几声。

一部中国大片史,普通人的力量被瓦解的全过程,被纤毫毕现地展现出来。在别的领域,也莫不如此,从房子到食用油,普通人都败落得尸骨无存。所以,《2012》赢得了空前的成功,被强人逼退的普通人,已经疲倦到惟愿全世界下一秒就洪水滔滔的地步了,哪怕它在十年前上映,都未必会有这样的效果。

那些大片是否好电影?根本不重要。就像《凯门鳄》,在那个总理会否赢得选举尚是个未知数时,剧中人就说了:"无论怎么样,他都已经赢了!"我们生活里的凯门鳄,是永远的赢家。

道德幻境

央视竟然也这么有趣了？17 日晚，央视新闻频道《环球视线》节目畅谈老虎伍兹丑闻，请来的竟是名嘴张斌——胡紫微的丈夫张斌。对于正站在风口浪尖上的伍兹，张斌深表同情，他认为，美联社当日票选老虎伍兹为这十年最佳体育运动员是对的，这个评选"不是评价道德模范"，我们应该"把职业和生活分开"，并且呼吁，整个社会对曾经出现问题的公众人物，要"抱有宽容的态度"。

差矣差矣。整个社会，对出现问题的公众人物，恰恰会像秋风扫落叶一样无情。比如，"艳照门"事件的几个主角，很久不能出来工作，在大众看来，仅仅是道歉、停工待岗，都还不够，仅仅是传离婚、传死讯，在想象里完成惩罚，也都还不够，他们必须要受到更严厉、更直接、更真实的惩罚。同情和原谅他们，不是大众真实的态度，惩罚想象和惩罚行动才是最真实的态度。因为，人们需要借助对他们的无情惩罚,去确认一件事:整个社会依旧秩序井然,天是蓝的,云是白的,晚饭是按点开出来的,一家三口的笑容是可以成为牙膏广告的。

实际上,从前的私生活规范早就溃不成军了——甚至有可能从来就没存在过。宾馆为什么九点以后就开不到房间?夜幕下的洗浴中心都是谁在消费?闭塞小城里的群欢派对难道是鬼在参加?普通人个个活得逍遥自在,私生活的边界已经和分崩离析的世界一起瓦解了。但人们随即又陷入丧失了边界的恐慌之中,于是,借助对名人的监督和惩罚,一个道德幻境建立起来了,在那里,婚外情是绝对的禁忌,有金钱交易的性更是死罪,小三照例受到唾弃,负心汉永世不得翻身。触犯了规则的名人,就会像伍兹这样,一口气损失数亿美元。一旦拥有了这样一个幻境,就仿佛祥林嫂捐了门槛,似乎现实生活也遵从着相应的秩序。

名人其实都是我们雇来的,不仅仅供我们投射欲望,或者欣赏技艺,他们还担负着道德标靶的重任,他们被鞭挞和示众,制造出私生活还质押在社会管理者手中的错觉,掩护着普通人昼夜狂欢。

感动之前

在 2008 年的《英国达人》节目里,有个 13 岁的胖男孩安德鲁·乔纳森,在他开口唱歌前的一分钟时间里,通过评委的提问,他的生平被提纲挈领地讲述出来,他家生活拮据,因为唱歌,被孩子们当做"娘娘腔",屡受欺凌,他最大的梦想,是在舞台上演唱。

在 2010 年的《中国达人秀》节目中,有个 21 岁的胖男孩朱晓明,他小时候患有哮喘,因为过于肥胖,常常遭到同学的嘲笑,他默默地在家里练歌,他的梦想是"希望整个舞台的灯光都只照着我一个人。"

而不论是在《英国达人》还是《中国达人秀》里,当两个胖男孩开口歌唱的时候,都出现了全场观众起立鼓掌的场面。

当然,作为一档从制作了《英国达人》和《美国达人》等节目的 Fremantle Media 公司购买版权然后本土化的节目,东方卫视的《中国达人秀》中出现这种"致敬"式的桥段,并不奇怪,成功,就是对成功经验的不断复制。但也足够说明,我们以为很自然的一切,都不是那么自然的。

所有这些段落，都经过了选择、估值、设计、调度、排演和后期剪裁。

事实上，《中国达人秀》中的很多选手，也都是游走在综艺节目中的草根明星，只不过经过了节目的重新包装，"羌族小煞"杨迪，从2005年开始，就已经走红网络，"变脸奶奶"李红沁和"袖珍女孩"朱洁，也都曾在电视上露过面。经过了海选和多次彩排、录影，他们的技能、身世，恐怕已经被现场参与者了然于胸，但三位评委，还是得在适当的时候做出惊讶的表情，他们的故事，还得以先抑后扬的方式进行讲述，使之像个意外。

和五年来以培育明星为目的的选秀节目相比，东方卫视的《中国达人秀》更具草根精神，偶像型选秀节目渐渐没落后，他们及时抛弃偶像路线，让平民和他们的故事成为选秀节目的主角，并用精耕细作的方式进行讲述，剪辑凌厉，火候也拿捏得刚好。这可能是最近两年的选秀节目里，最值得观看的一部。

却把难题交给了观众。在与这个节目有关的帖子里，观众总要表示，"虽然知道那是精心设计的，但还是被感动了"——在表达感动之前，先要发布免责声明，表示自己并不是全然无知，任由摆弄的，这和《唐山大地震》上映之后，观众的反应如出一辙。

媒体和我们之间的关系，是经过精心算计的，呈现出来的，却是一派天真，而我们，只好在相信和怀疑之间，在情感之痒被挠动的同时，温习强制超脱——就像为了控制快感的来临而想起严厉的班主任。是感动呢？还是唾弃自己的情绪波澜？是相信呢？还是刻意抵制？这真是现代人经常要面临的最大问题。

人人都得是故事大王

设想一下，如果电影《花木兰》的首映式是这般模样的，效果会怎样：大家正襟危坐，一位老先生讲解《木兰辞》，众演员谈演出心得，导演对剧组全体成员的努力予以正面评价，花木兰故里旅游局的官员致辞感谢，花家后人深情回忆包产到户之后的幸福生活，小香玉上台，唱一段"刘大哥讲话理太偏"——完了，我敢肯定，所有的记者回去，都不知该怎么落笔。

但实际上是这样的，赵薇表示自己嫉妒孙燕姿能唱主题歌，嫉妒到"昨晚都哭了"，陈坤爆料说，因为赵薇的角色很 man，所以大家叫她"薇哥"，两人还在台上对诉"我爱你"，有人问，若票房达到预期目的，身为男女主演，他们会有什么表示？赵薇回答"可以接吻庆祝！"

所以，TVB 的新剧出来，老狐狸们会宣布，收视率达到若干点，就会如何表示，阮经天突然凭借《命中注定我爱你》走红，更是放言,收视破10点即要裸泳,后来果然象征性地在水里泡了泡。总之,要想要对方买一,前提是要想好送的那个"一"。得奉送金句、秘闻、周边的花絮,得上演脱口秀,即便脱口秀编剧罢工了,自己也得设法想点像样的句子,以挤占注意力。

真有点买椟还珠的意思,但从古至今,能出头的人,个个都是故事大王,都有被人记住的"点",忠臣在背上刻字,区别于众多面目不清的好汉,妃子得是香的,才能青史留名。即便现今,我们仍然如饥似渴地需要各种故事,比如最近那一起医疗事故,孩子因为眼病被送进医院,却因冷血医生的疏忽而死去,这种事情,通常会淹没在海量的求告无门的医疗事故中,但家长在撰写求助信时,加入了"偷菜游戏"这个点,正暗合了时代风潮。全社会正愁找不出一个贪玩肇祸的网络农场玩主来警示员工,就有人及时出现,于是,事故成了新闻,医院利落地受到惩罚,如果那位医生当时玩的是斗地主,就断然没有这样的效果。

但故事大王,也断然不是天生的,若不是历练多年,赵薇怎会有这样的讲故事的本领?即便有了,也未必肯轻易地使出来。所以,还是马楚成导演的面子大。真正的看重、捧场,也无非就是,肯为对方制造故事。

十分之一的信任

　　谢娜与张杰的感情出现了波折,起因疑似是"逼婚"——足以让所有站在女性立场的人们无比愤慨的原因,谢娜也在公开场合几度"湿了眼眶",我们像刚刚打消了警惕的小动物,已经探出同情的爪子准备靠近了,但随即就发现,不好! 附近有埋伏——他们两个人,都正在宣传期!

　　张杰刚出了新专辑《穿越三部曲》,正四处宣传;谢娜主演了刘仪伟自编自导自演的影片《火星没事》,电影刚刚首映,与此同时,天娱老总龙丹妮准备跳槽盛大的消息正传得沸沸扬扬,张杰正是龙丹妮力捧的"一哥",他是否会跟随龙丹妮转会,也成为龙丹妮的去向这个大悬疑中的一部分。对于这两个身在宣传期,有繁重的宣传任务在身的男女,我们怎么敢轻易地送出我们的信任?

　　宣传期对艺人意味着什么? 下面这个例子足以说明这个问

题。有段时间,坊间传言,大牌艺人到台湾上节目也只给一千多台币,台湾电视节目主持人、节目制作人梁赫群对此作出了解答,说明了这个传言是怎么来的:"台湾谈话类节目具体的制作费一般是台币 15 万—25 万。一般艺人的通告费在 8000 至 1.5 万台币,比较特别的,如吴宗宪上节目,就是 8 万(人民币 2 万元左右),徐乃麟是 5 万。"好,接下来,关键的地方来了,在台湾,有一个不成文的规定:"如果歌手、演员是在宣传期来上节目,那就是最普通的费用——1350 元(人民币不到 400 元),刘德华、周杰伦来都是这个费用。"

宣传期的艺人,是怀着目的来的,只值正常市价的五分之一到十分之一,而人民群众,对于一个处于宣传期的艺人,也只敢付出十分之一的信任。

即便是张韶涵和母亲因财反目这样悲惨的消息,也得打上信任的折扣,因为,张韶涵当月就要发新专辑,现在,新专辑出来了,家庭纠纷就从报纸上退场了,即便贾静雯与富有的丈夫争夺女儿抚养权的消息,也得慢一点相信,因为,她得到了片约、关注,重塑了形象。

当然,明星不只把特定的时间段当做宣传期,明星永远身处在一个漫长的宣传期中。对于那些因为利益的原因要获取我们信任的人,我们永远只能付出十分之一的信任。

被新闻叙事监控

半个月时间里,娱乐公司老总,经历了"意欲出走"、"极力劝说",直到"回心转意",最终的结果是,另有公司出资一亿美金,与她原来所在的公司,联合开办一家新的传媒公司。这个过程简直太完美了——不是指这桩联姻的完美,而是它在叙事学上的完美,长度控制在刚刚不让人厌烦之内,节奏高低起伏,情节也生动异常,并且恰到好处地烘托出了真正的主人公,那个新的公司。

崔卫平先生曾经提出过"被语言监控"一说,当事人按照语言表达的方式和效果来设计自己的行为,控制自己的感情表达,例子之一就是萨特和西蒙·波娃,他们的书信和回忆录细节极其逼真,让和他们有染的人怀疑,在做爱的当时,他们已经在构思如何落笔了,并按照适合书写的方式来发展接下来的情节。语言时刻在场,并对他们实行控制。

有媒体曝光需求的名人们,也会被语言控制,而且更具体一点,是被新闻叙事监控,他们总是预先想到自己出现在报纸上的样子,严格按照新闻叙事的方式来安排自己的日程,规范自己的行为,控制自己的感情。

在报纸出刊的日子里,他们喝醉、走光、偷情、打人和挨打,而在节假日,他们纷纷减少了自己的行动,因为报纸减版了。他们也主动给媒体提供适合见报的情节和题眼,满文军白发复出的时候,已然为报纸拟好了标题,明星情侣之所以设计出一个惊天大逆转,也是因为他们已经想到了媒体的反应,他们甚至按照媒体喜闻乐见的方式来表达自己的感情,将要在下午为新作召开新闻发布会的演员,在早上就发出了在发布会上失声痛哭的通稿,到点了,他果然没有失约,流下了眼泪。

他们提供的,我们要的,无非一些令人满意的故事,设计故事的人和接受者,其实都被新闻叙事逻辑监控着,人们要的只是叙事学上的圆满,此外无他。

狗仔并没有无孔不入,但实际上已经无孔不入,因为当事人已经主动置身在新闻叙事学的监控范围内,依照一个好新闻的方式行事和表达自己,"三个 W"俱全,细节宛然,标题呼之欲出,剩下的,就是怎么把它挪到报纸上。

大厦微雕

网络上有一种帖子,专门收集世界各国各地的奇怪法律,比如:"在美国迈阿密,溜着滑板进入警察局是违法的","在佛罗里达,未婚女性在周日跳伞会受到监禁","在佛蒙特州,女性要想戴假牙,必须先征得其丈夫的允许","在内华达州的尤里卡,有胡须的男亲吻异性是违法的"。

我怀疑其中个别条目属于杜撰或者以讹传讹,或者是脱离了原文语境之后显出了怪异,却不怀疑这种法律条文的确实存在。一方面,以世界之大,各国各地恐怕确有许多我们想象不到的情况和民风民俗,比如迈阿密,可能滑板格外盛行,溜滑板入警局是经常发生的事,但另一方面,我认为,那些国家或者地区撰出这种条目,不过是出于精雕细刻、锦上添花的需要,看,我们已经可以细致入微到这种地步,可以孜孜以求,无限深究,给现代生活的一切细节套上规则。

即便隔着地理和心理上的鸿沟，外国人的这种精雕细刻，我们也能领略得到，他们坐着飞机，全世界飞来飞去，讨论如何减少牛羊这类反刍动物打嗝和放屁排出的甲烷，并打算向人征收"放屁税"，他们对一切虐待动物的行为严阵以待，拍电影《肖申克的救赎》时，主人公要将食物中的一条蛆拿出来喂鸟，因为整个拍摄过程有美国防止虐待动物协会的全程监督，剧组不得不找一条自然死亡的蛆虫作为道具。

是因为在乎动物放屁？一条蛆的未来？不，这里面有一种自信，一种拿得出手的得意：别的事情已经解决好了——宝塔已经建起，开始专注于毫米见方范围内的花纹，社会的框架已经能够自动运行了，所以才能留神屁和蛆虫之类的细枝末节。

从前，我们常常遗憾我国的法律法规，乃至临时法令没有这种有趣的细节，但这两年，我们开始有了这种细节，而且古怪程度一点不逊色，比如要求报考公务员的女性"第二性征发育正常，乳房对称无包块"、"不准为男领导配女秘书"、"不按规定走路方式走路的要挨罚"，还有某地的新规"穿睡衣睡裤不能出门"。

基于我在机关工作十多年的经验，我知道，这种条文需要层层上报，多次上会才能出台，如果是拟条文的小职员脑子坏掉，写出了这种条款，不出两步就会被否决掉，除非是各层决策者同时出问题。当然，之所以集体出问题，还是基于一种心理：我们也可以！我们可以如此细致入微精雕细刻！我却怀疑，我们真的已经可以这么细致入微了吗？我们生活里的那些大事解决好了吗？

但我还是为那些市民感到高兴,因为,我毫不怀疑"睡衣"之类的法规能够得到执行,因其执行成本并不高。就是说,他们将拥有一条真的得到执行的法规!这种幸福,实在难以言喻!

得文青者得天下

在各种传闻的鸣锣开道之下,环球唱片与张靓颖的签约仪式如期举行。选择王菲处女作发布二十年纪念日签约,目标十分明确——成为王菲,当然,更确切的含义是,成为王菲那样的品牌,拥有那样的市场占有率。

二十年后,张靓颖会否是又一个王菲?这得看她如何争取文青阵地。

毫无疑问,艺人就是一盘生意,但最糟糕是,当事人当真把这盘生意仅仅当生意来做,试图争取完全虚拟的全体大众,生怕不俗、不浅、不白、不媚、不闹,生怕沾染上"文艺"的酸腐气,但这生意确又是一盘特殊的生意,有生意的规律,却也得符合文艺的规律,只有成功的文艺,才有可能同时成为成功的生意。

王菲如何成为王菲的?秘诀就在于争取到了文青阵地。谁比较拥有鉴赏力的公信力?文艺青年。谁比较能够影响周围人的文艺消费?文艺青年。谁拥有较多的发言权?文艺青年。谁会自愿地、无偿地成为营销病毒，替偶像传播消息、塑造形象、奋力辟谣？文艺青年。谁患有分享强迫症，动辄和周围人分享文艺作品？文艺青年。搭上文艺青年的脉，就等于牵上了潮流的牛鼻子，得文青者，就等于得到天下，从我国的革命史，到文艺产品营销，莫不如此。

文艺青年喜欢什么？细腻锐利的歌词——最新的动态是，还得适度社会化，加上精致的编曲，富有个性的形象塑造，孤傲高远的形象表达，当事人得想尽一切办法把自己塑造成污泥里的莲花，为情不顾一切的女神，如果动辄去北欧旅行数月，或者在玛雅废墟产生了某种感应，或者在李安或者王家卫的电影里轧上一脚，效果简直更佳。

耶稣传道时曾说，跟随他，便能"得人如得鱼"。做文艺生意，如何做到这一点？恐怕得先从搞定文艺青年开始。

双面夏娃

接连出版了影射第五代著名导演的小说《我的前夫》《九千公尺》和《大腕的秘密》之后，食髓知味的"娱记杨慧子"，又推出小说《将爱》，里里外外影射王菲，主人公甚至名叫"夏天"——对王菲略有了解的都知道，王菲的母亲姓夏，她本人曾用名"夏林"。

前几本书的宣传路数，是极力撇清，祭出小说是"来源于生活，而高于生活的艺术作品"的法宝，希望被影射对象"不要对号入座"。而这一次，大约因为取材对象并非喜怒无常的男性铁腕人物，而是一向以孤高不羁面目示人的女散仙，估计也不会跳出来告官，作者的策略就有了变化，灵活地游移在认与不认之间："不否认小说里的主人公会有王菲的影子"，因为"她的个人经历已经不仅仅是她自己的经历，已经成为我们这个时代不可抹去的记忆"，"王菲的一切都是我们这一代人的精神财富"，热情的赞美背后，"公共资源"四个字，几乎呼之欲出。

想抒发胸臆为生平遭逢的不快复仇，或者故意惹点麻烦引人注目的话,写影射小说不啻是上上之选,《红楼梦》至今还陷在到底是"小说"还是"影射小说"或者"自传"、"秘史"的争论里,而从林纾、沈从文到王跃文,都为影射小说书库提供了值得追究的样本,张爱玲的《小团圆》,也被陈子善称为"别开生面的影射小说"。至于欧美的影射小说,更是数不胜数,第一夫人成为色情小说主人公,也并不是什么稀奇事。

当然,影射小说的真谛,不只在于刻意提醒读者,书中的人与事处处皆有出处,也不在于装出要和读者分享独得之密的姿态,这种"找出两图之间不同之处"式的智力游戏,只是影射小说所欲所求的一部分,影射小说的重点,在于它保留了揶揄、讥讽的权力,为读者的愤愤不平提供出口。

不过,相较于影射小说的夸张失据,名人主动展示给我们的形象,就是完全真实的吗?恐怕,那也不过是另一种塑形手段的产物。A女星离开原来的公司之后,以勤勉智慧的形象出现。我们惊奇地发现,一个人,完全可以因不同的塑形手段,呈现出不同的样貌,行走江湖,人人都是双面夏娃乃至千面夏娃。

所以,明星掌握权力的过程,其实就是争夺塑形权力的过程,从掌握自己命运的人物手中争夺,从媒体手中争夺,从群众手中争夺,渐渐可以按照自己想要的样子塑造自己的公众形象。影射小说,则是对这种已经到手的塑形权力的一次小小的打击。至于当事人真实的面目,恐怕永远无人得知。人和历史,其实都像那个小姑娘,那个由人打扮的小姑娘。

从魅力来源到个性表达

　　赵薇在新加坡产女后,她与黄有龙早在 2008 年就已注册结婚的消息也随之公开,而不久前,郑中基和蔡卓妍为离婚开新闻发布会后,人们才知道,他们在四年前就已在拉斯维加斯注册结婚,因为隐婚,他们和齐秦、成龙、刘德华、姜育恒、刘青云站入同一个队伍。

　　明星隐婚原因各有不同,有的是保护家人不被媒体骚扰,能够在一种较为平和的环境下生活,有的则是生性低调,不希望私生活成为人们关注的对象,例如赵薇。而多数时候,明星隐婚,是塑形的手段,是保持自己神秘感的重要方式,而神秘感,是明星魅力的大部分来源。

　　二三十年代发端的明星制造业,经过四五十年的运作,渐渐洞悉了群众隐微的心理,八九十年代,娱乐业的黄金盛世,造星和造神在目的和手段上渐渐趋同,明星和神一样,拥有了不老和远离一切俗务的特权，明星必须努力呈现出一种岁月静止的假象来，婚恋这种充满人间烟火气的事物，更是碰不得的高压线。

且不说刘德华、成龙，即便当年的姜育恒，并不在偶像派行列里，都只能秘密结婚，而孙燕姿与公司的合约里，还有关于婚恋的条款，陈慧琳为珠宝公司代言时，合同外还有口头约定，在代言期间，她不能嫁人，当坊间有传言说，她去美国和男友秘密注册结婚时，她的经纪人甚至要指天发誓。

但是，即便在用神秘化向明星进行膜拜的同时，去魅的力量也一直存在。八卦周刊的兴旺、狗仔文化的畅行无阻，都也在消解明星的神秘感，两种力量相互博弈，此消彼长，为娱乐业提供了无数话题和事件。

而随着时代变迁、科技进步，明星神秘化的空间已经荡然无存，去魅的空间却有无限大，明星的定义里，已经渐渐剔除了神秘感的要求。结婚，已渐渐构不成对明星偶像地位的威胁，隐婚，更接近于一种个性或者习惯的表达，所以，当赵薇结婚和生育的消息公之于众时，已经少见"欺骗"、"缺乏诚信"之类指责，人们心态上更趋平和，承认了明星肉身的存在，也不再对他们的魅力有过多的寄望和阐述。

鬼上身

我有个朋友不喜欢网络歌手,但是,听得多了,有一天,他不知不觉在嘴里哼的,居然是"终于你成了别人的小三"。对这种现象,他称之为"鬼上身"。

催眠术书里,有个催眠术与广告结合的成功案例,电影院里,电影放映的同时,往银幕上投射一个商品广告,速度极快,几乎无法觉察,一场电影,无数次反复。大部分观众出了电影院,直奔商场,要买这商品,问为什么要买,全都茫然。鬼上身就是一种集体催眠。

本城最繁华路段的几家音像店,有种歇斯底里症候,什么歌流行,便连续不断播放两个月,从早到晚。即便是本性里最讨厌的东西,也经不起这样艰苦细致的、大水漫灌的思想工作。先让你熟悉,然后慢慢习惯,然后不得不接受,最后说不定还心甚向往之。

去商场,为什么会买这种东西而不是那种,为什么会买这个牌子而不是那个,为什么会一口气买几瓶洗发水,全然不顾会过期?全是鬼上身。更不幸的是,一大群鬼上身的人汇聚在一个地方,会形成一个庞大的所谓"气场",大家互相催眠,互相影响,互相强化,最后全都不可收拾。实在不信,去节日期间的超市做亲身体验。

鬼上身不仅改变了我们的购买习惯,也改变了我们的感情世界与表达习惯。

多年前,与某人分手,那日秋空晴朗,正适合为离别黯然销魂,只听得此人缓缓地道:"忘记你——",我心里狂喊"千万别说那句话千万别说那句话!"不曾想,后面果然是"——我做不到!"这导致了我不顾时间场合爆笑出了声,破坏了这场分手秀的完美结局和悲情气氛。从此此人对我衔恨在心自是不在话下,七年时间,偶然在外边遇到,也是满脸幽怨。被恨了这么久,全怪张学友。

又一次,朋友失恋,痛苦万分,先割腕,又跳楼,手腕上包着白纱布,在我们面前把头埋在膝盖上,痛苦撕扯头发,我劝道:"你可不能——",后面的话可真没由得住我,我的耳朵眼睁睁听着我的嘴里说的是"感到万分沮丧,甚至开始怀疑人生!"

这还是好的。公共汽车上,耳边听见后座三个女孩子在说话,一个说:"你怎么不高兴呀?"全车的人,心里想的都是一句话,果然,就有一个女孩子顺路接了下去:"那去大河医院呀!"一车的人都爆笑。（本地民营医院的广告，无孔不入，在任何地方都听得到：——小王，怎么了？满脸的不高兴？——我有了，又不想要！——那去大河医院呀！该院首创的微创无痛人流技术，能帮你解除后顾之忧！）

日常生活的角角落落，都被妖魔鬼怪占据着，任何一条街、任何一句常用的话，都已经被充分利用，稍一不注意，就引得鬼上身，我们可真是无处可逃。

旗帜鲜明地拥护明星整容

　　有人自做多情地发帖,称自己能够证明女星 A 整过容,并公开了给 A 做过整容手术的医院名号,以为自己揭了惊天的黑幕,孰不知我们并不领这个情,作为观众的我们,旗帜鲜明地拥护他们整容。

　　有一则关于整容的社会新闻已流传数年,说是一位富翁娶了一个美貌女子,婚后却生出一个又黑又丑的儿子,与两人相貌特征都不相符,经不住该富翁再三逼问,美貌妻子终于吐露真相,原来她原本其貌不扬,幸亏家底殷实,耗费巨资将她整成花容玉貌,怎奈整得了脸容身材,整不了 DNA,孩子照旧是按照她整容前的模样生长,于是导致一场旷日持久的民事诉讼。但作为普通观众,又不跟他们生孩子,他们是否整容,是否原装,与你何干?

　　真正美丽的人少之又少,美到毫无瑕疵的人更是人间尤物,浩瀚星河,华丽银屏,百年电影,世纪艺坛,万众口服心服毫无争议的美女不过林青霞朱虹夏梦寥寥几人，大部分演员不过相貌略微齐整，而无数观众走进影院打开电视，哪里是为着单纯鉴赏演技领略歌喉？不过为看一张张美丽的脸，电影电视本就是一场大梦。明星们怎会不知自己职责所在？于是她们化妆，她们整容，她们争戏服，无不是为使自己显得美些，使自己更加符合"艺术"这一场梦境的要求。使自己更美，是演员的基本职业道德，是演员应尽的责任与义务，只要她成功地履职尽责，别说她是否整容，她便是一具画皮，又与你何干？

整容需要金钱，她自掏腰包，整容尚有痛苦，她默默忍受，整容还有风险，她默默承担，而我们只需躺在沙发上，换个频道，便可欣赏她们的绮年玉貌眼波流转，又有什么资格，对她说三道四？

更何况，美化银幕是所有演员共同职责，男演员却普遍失职缺席，为何从不见人提起？不论《三国》还是《水浒》，不论是警匪枪战还是武侠神话，男演员们一旦脱去上衣，尽是白花花的肥肉，让人连眼睛都打饱嗝，英雄的形象顿时打了对折又对折，怎不见人批评？二十几岁的男星，正是风华正茂，为杂志拍个无上装封面，尚要 PS 高手熬夜制造胸肌腹肌，为何不见人抨击？而女演员整容塑身，费尽心机为亿万观众营造美梦，却要屡遭非议，岂不是有失公平？由此可见，男女尚未平等，同志仍需努力。

她是个孩子,她不是洛丽塔

天涯八卦论坛有一个帖子,请大家讲讲童年时候最不堪回首的、被人骚扰的经历,因为回复过多,短时间就分了页,看那些用马甲写下的经历,真是血泪斑斑触目惊心,犹如《沉默的羔羊》中所说:"贪婪起于每日所见",那些把手伸向孩子的,往往是他们身边最亲近的人,而那些经历从此就成了他们一生的阴影,不论男孩女孩,长大可真不容易。

之所以想起这个,是因为最新一期的某周刊,刊登了三人少女组合中一位女孩子的性感照,她不过十四岁,杂志却刊用她穿着湿漉漉的睡衣的照片,配上了富有煽动性的文字,不但公开写出她所就读学校的名称,还提到她被人跟踪的经历,并兴奋地写着"初熟美少女又岂止吸引麻甩佬"。

最恐怖在于,她是由家人陪同,去拍摄这些照片的。在这样一个成长之路充满艰辛,处处潜藏着妖魔鬼怪的世界里,把孩子藏着掖着护着都来不及，家人却带着孩子去一本名声不佳的杂志，拍下那样的照片，使她成为一个欲望的目标，对报道的细节也不加推敲，令这个女孩子从此处在被窥伺的危险位置上。而那杂志，也没当她是个孩子，他们只要把她塑造成为洛丽塔，好去吸引人群中的汉伯特，而她身上此后发生的一切，他们并不关心。被迫过早成熟和过早被摧毁，其实是同义词，而在求财心切的家长和杂志的通力合作下，十四岁的女孩子，就这样站在了被摧毁的边界。

普通家庭和家长，尽管没有亲手把孩子送到这样一个屠戮的现场去，对孩子的教育，也不是都够格的，我们羞涩、我们难以启齿、我们视而不见，于是漏掉了最应该告诉孩子的那些事项，我们没有告诉他们，身体是属于自己的，有些身体部位是不能被别人碰触的，更没有告诉他们如何保护自己，没有告诉他们一旦在公共汽车和地铁里遇到麻烦的时刻，如何获得别人的帮助。

对孩子，不论怎么保护，都不为过，真的。而我们的保护，都不够格，不够格的保护，让孩子成了一个又一个潜在的"洛丽塔"。

加上了明星的 QQ，又能说些什么？

　　在明星电话、明星家庭住址之后，连明星的 QQ，都有人公布出来，而且果然是真的。于是有人试着加刘翔、刘德华，结果是，对方拒绝加为好友。

　　即便他通过了验证，即便按照公布的电话打过去，而接电话的正是他本人，即便站在他的宅院外，正好遇到他戴着墨镜匆匆走出，电光火石间，又说什么呢？又以什么方式、什么语言、什么表情，在一刹那，赢得对方的注意与了解？

　　说自己爱他，喜欢他，他酷似我们少年时候最尊重最爱慕的那个人？说他的歌击中了我们的心事，他让我们想起十六岁的下午，山林中蝉声如织、而裙裾洁白的那个刹那；还是夜色中的草原上，青草的碧绿芬芳和那人眉目的俊朗；还是像1972年的那位歌手劳里·雷伯曼一样，去看唐·麦克莱恩的演出，在被他的歌他的人击中心事后，邀人写下一首词不达意的《轻歌销魂》："以他的手指拨动琴弦轻拂我的伤痛,用他的歌唱出我的一生,用他的歌使我销魂,用他的歌唱出我的一生"。

还是像多年前看过的那个故事一样?有个女子,每逢周末与自己的爱人相聚,总是与他共同观看倪萍主持的《综艺大观》,后来,他遭遇车祸身亡。从那以后,每到周末《综艺大观》出现,她都泪流满面。她于是费尽周折找到倪萍,只为告诉她,她的节目,在她生命中扮演何等角色。

除此之外,还能说什么呢?他们与我们的牵连,不过如此,而过分强烈的愿望,又阻止了我们,且他们又不能对我们一一眷顾,于是,结果就像我曾写下的那样:"那些我们期望与之比肩而立的人,那些说出了我们的心事、表达出了我们悲伤的人,是不在我们的交流对象名单里的,即便他们就在我们身边,与我们一桌吃,一铺睡,也依然有种强大的东西阻碍了我们向他们和盘托出,他们看似近,其实远,任何一种想要诉说自己的倾慕、理解的愿望都是徒劳,我们唯一能够来得及说出的,也只有'我听过你的……我喜欢……'"

而且,只因我们看见了他们,只因我们的爱、我们的仰慕,他们就要理应归我们所有,就要忍受被陌生人加 QQ,这……多少有点野蛮。

就这么远远地注视着吧,远远地,像看荒野里一点毫不知情的灯火。

不拉窗帘的女孩

　　春天不是读书天，春天是读人的天。前几日，A 与 B 在家中互相细读，读成马赛克级别激情戏，终被等候多时的记者遥遥隔窗偷拍，众人为这"闺房临窗春读图"撩拨得心痒痒之际，却也有个疑问幽幽浮上心头，莫不成，他家没有窗帘？或者，他们都没有拉窗帘的习惯？

　　终于有人响应大家心声，于手袋品牌发布会上，向 A 提出"日后可会小心防范狗仔队偷拍"及"会不会在家拉窗帘？"等敏感问题，A 大方应答："我在我家是不拉窗帘的！"

　　人都有弱点，若知道自己有这弱点，心理上就有了劣势。穿了不搭调的鞋子出门，就总想要把脚藏起来才好，站在人前，难免一双脚挪前挪后；吃了味道较重的食物，担心自己口气较重，说起话来，就难免左躲右闪；撒了谎，就要竭力弥补，有了不可告人的隐私，就要努力遮掩。而一旦努力弥补遮掩，就等于向人宣告"我在乎",在乎被人看轻,在乎被绳之于法,在乎声名扫地。一旦被人发现你在乎,这弱点立刻就成了致命的缺陷。那些敲诈勒索,那些恐吓威胁,所凭借的心理资本无非是"在乎"。

若不在乎呢?所有的秘密,你当它是秘密,就成了秘密,所有的隐私,你当它不可告人,它就难以启齿。若一旦看开了呢?什么都不是。同样的事在不同人身上,结果果然两样,所以,璩美凤活下来了,活得好好的,还欢天喜地地嫁了人,而从王婷婷到理工学院的校花,似乎都只有死路一条。像 A 这样,并不以为被偷拍到隐私场面是令人羞愤交加的天大耻辱,"不为自己有正当而合理的性生活向任何人道歉"(《绝望的主妇》中经典妙语),反而把人给噎住了。你来拍好了,总之我是不拉窗帘的,一次两次,连偷拍的人也觉得没意思了。下次还想拍?我友情预告脱衣入浴的时间。

群众的心理底线往往出人意料,走光照让他们大呼小叫,真刀实枪的光碟也让他们大呼小叫,他们的反应不会更大——因为着实和他们的生活没有实质的关系,他们乐一阵子也就忘了,你若畏缩闪躲,遮掩藏掖,表现出自己的恐惧和在乎,反而更加激发他们的兴趣,不如索性厚一厚脸皮,等着它过去——马上会有新的人和事吸引大家注意的。

要想活下去,大家都得战斗——一场无时无刻不在持续的心理战。

上帝是个不合格的药剂师

1990 年代初，我十五六岁，在我们家乡小城的一中念高中。学校对面有一所戏校，四五十个与我们年龄相仿的少年男女被选出来，集中在那里学戏。有一天，戏校发生了一件轰动全城的事：戏校的下水管道堵塞，疏通管道的工人，很快找出了堵塞物——一大堆纠结在一起的保险套，随后，在学校的花园里也挖出了同样的东西，戏校的女校长气得抓狂，用一只铁钩子钩起那团东西，向围观的少男少女们质问："这是什么？你们说，是什么?!!"戏校很快解散，而我开始思考一件事，作为同龄人，同在九十年代闭塞保守的小城，我们过着清苦的、自制的生活，他们为什么却能够、敢于并且懂得如此逍遥快活？为什么？他们和我们之间的区别在哪里？

最近发生在 TVB 的一连串事件，让我再次想起戏校的事。

话说，四个月前，女星 Y 在香港电台《疯 show 快活人》节目客串主持时说:"电视城有'魔术咸猪手'借表演魔术,对女艺人袭胸",这番话在四个月后被重新翻出,迅速酿成一场风波,媒体连篇累牍,网民兴高采烈,无线高层被迫彻查此事,并逐一和有关人等接触,还在电视城成立监察小组。

但 Y 还有前科,她曾在电台节目中罗列过电视圈中的四大豪放女及其他男艺人混乱的私生活,这段爆料又被趁热挖了出来,酿成新的话题,随后又有一位 TVB 的幕后工作人员,再向《忽然一周》杂志大爆电视台有"八大荡花"和"六大咸猪手"。被暗指为"荡花"之一的某女星,身陷猜疑之中。

从戏校往事,再联系演艺圈的众多性丑闻,我不由要想,这种性状况是在普遍发生着,还是较为集中地发生在某些人——比如演艺圈明星身上?

正好读到德国心理学家博尔温·班德洛的《隐疾——名人与人格障碍》,这本书帮我解决了这个问题。博尔温·班德洛说,人类的文化成就之一就是,"人们不总是直接使他们的需要得到满足",人的大脑当中有一个"酬劳系统",这种酬劳系统通过大脑内部的"内部吗啡"去刺激"幸福激素"的分泌,正常人的"酬劳系统"稳定地运作着,使他们能在本能和克制之间做出平衡,但有一种人,一种具有"边缘型人格障碍"的人,酬劳系统达到满足的阈值要比正常人高更多,他们"不能忍受酬劳的延后。他们随时随地都要有幸福的感觉",于是屈服于自身本能的诱惑,通过滥交、吸毒、暴饮暴食、自残等形式,使自己的幸福荷尔蒙迅速得到增加。

博尔温·班德洛解释了"边缘型人格障碍"和名人之间那种令我们困惑的亲密关系，具有这种人格障碍的人，愿望更强烈，更渴望掌声、赞美，更愿意挥发自己的性魅力，文艺工作成为最能满足他们愿望的领地之一，于是他们相对集中地出现在这里，他们也更容易成为明星或者其他领域的名人。但，也正是他们的人格障碍，让他们更容易得到我们垂青，他们肆无忌惮地发散性魅力、放纵不羁、为所欲为，做的都是我们竭力克制，不敢做也没有能力去做的事，他们达成了我们隐秘的愿望，因此成了我们的偶像。这也解释了为什么他们为什么要闹绯闻、出丑闻，因为那是我们希望他们做的，是他们的分内工作。

看来，一切都能得到科学的解释，指挥着陈冠希去拍照的，是他童年的创伤，号令"荡花"们如狼似虎地要男人的，是她们大脑内部分泌过于旺盛的"内部吗啡"，让"咸猪手"们失控的，是他们"酬劳系统"的致命缺陷。这或许才是真正的潜规则：上帝是个不合格的药剂师（马凌老师语），对于某些人，他把某种东西给多了一点，这种东西使他们终生被隐疾所苦，却也终生熠熠生辉。

浮

生

作为商业世界成员的陈冠希

伍迪·艾伦有名言:"下一世,我要回来做沃伦·比蒂(Warren Beatty)的手指尖。"沃伦·比蒂是谁? 美国的老牌明星、著名的花花公子,在最近出版的传记《明星:沃伦·比蒂如何诱惑美国》中,作者皮特·毕斯肯德说:"运用简单的算术就可以算出,与比蒂有染的女人约在 12775 人左右",并指出,沃伦·比蒂的猎物包括简·方达、琼·柯林斯、伊莎贝拉·阿佳妮、麦当娜等,国内媒体为了方便理解,称他为"美版陈冠希"。

做陈冠希或沃伦·比蒂,其实是人人艳羡的事,中国男人中,大概也有许多恨不得做陈冠希的手指尖。有了这种心理支持,陈冠希的挫败就是暂时的,是迫于人类公开的道德规范而装作接受惩罚的。事实上,在潮流世界里,陈冠希从来都不是过街老鼠,甚至是潮流风向标,网上购衣时,已经无数次地遇到"陈冠希穿的格子衬衣"、"陈冠希穿的鞋子"、"陈冠希的 T 恤",更离谱的,还有

"陈冠希挨打时穿的蓝外套",并一律辅以照片为证,所以,陈冠希最近接受《中国企业家》杂志采访,谈到由他和好友潘世亨创始的潮流品牌 CLOT 的发展历程时,会坦言:"这件事情(艳照门)之后,反而更多人来看我的店",并声称:"商业是我的救赎。"

商业或许真是一种救赎,自视颇高的女人们,在表示自己为爱伤透了心时总要说:"不行找个有钱人嫁了"。事业挫败的男人们谈及未来,也会沧桑地说:"做点小本买卖"。商业是兼容并蓄、是海纳百川,可以是得意时助飞的好风,也可以是末路中对绝望的缓冲。值得陈冠希庆幸的,是他竟然是一个潮人,而潮,是那么一种微妙的气质,王菲抹两抹红那叫晒伤妆,别人照搬一律是乡气,而陈冠希的那一点潮,令他在商业世界里站住脚,度过艰难时期。

可见,在一定层面上,商业世界是一个有着自身清洁机制和治愈机制的体系,对违背了道德规范的陈冠希,就以丧失商业偶像的价值作为惩罚,而一旦他静下心来重振旗鼓,也在另外的地方给他以补偿。较为纯粹的商业体系,自有其生命力和良心。所以我不大看好网人们对内地犯错明星的惩治企图,因为他们从来都不是真正的、纯粹的商业偶像,他们的价值由官方认定,普通人根本无法撬动惩罚的杠杆,哪怕是用给他们代言的品牌疯狂写信这种方式。

从没退出,何言复出?

两件小事,被视为陈冠希复出娱乐圈的标志:2010 年 10 月 7 日,陈冠希在台湾发行了新专辑《Confusion》主打歌《Mr. Sandman》的 MV;10 月 23 日,陈冠希将在上海开演唱会。其实,陈冠希从未退出娱乐圈,何言复出?

所谓"退出",应当从 2008 年 2 月 21 日算起,这一天,陈冠希在香港国际展览中心召开记者招待会,公开宣布"我将无限期退出香港娱乐圈。"如果退出香港娱乐圈,指的是不在香港出专辑、不做舞台演出、不参演电影电视剧,那么,陈冠希确实算得上"退出"。"无限期"豪言发布之后,他虽有一些演艺活动,但多半是客串,堪称惨淡,参演《蝙蝠侠·暗夜骑士》,露面仅三秒,参演的浪漫喜剧《几近完美》是独立电影,影响不大,2009 年,收在别人专辑里的《问世上有几多爱》,是早就录好的歌,在电影《维多利亚壹号》宣传片中的露面,也属友情出演,所有这些影像声音,零碎得捡不起来，似乎也不算食言。

问题在于，娱乐已经不仅仅意味着出专辑、演电影、上舞台。娱乐的定义已经扩展，能够填补现代人生活的一切人和事、一切碎片，都是娱乐，娱乐圈，已经如沐马所说的那样，"由传统意义上的'影视歌'变成了一个 IT 扩展名：avi。在任何人后面加一个'. avi'，你会发现一种奇妙的心理效果。"相貌、才艺、作品，只供当事人获取娱乐大众的资格，此后发生的一切：绯闻、负面消息、穿衣瘦身，才是娱乐的真正内容，而通过别的渠道，同样能获得这种资格，不论那是凤姐的乖张，还是小月月的极品事迹。

美剧《绯闻女孩》就体现了娱乐的真谛，Gossip girl 建博客、发短信，扩散发生在这所富家子弟学校里的绯闻、争斗、酗酒和吸毒事件，经过她的包装，这些事件同样具有莫大的娱乐效应，而在新片《绯闻计划》中，小美女奥利弗为自己被忽视深感不平，苦心制造了一场"破处戏"，一举成名。

一部电影、一场演唱会，至多供人讨论一小时，而明星绯闻和各种消息，却可以像碎片一样，将人和人之间的空隙填满，如果明星是一片海，作品不过是海上孤岛，他们提供的八卦资讯，才是能算做海水的部分。

从这个意义上来讲，陈冠希其实从未退出娱乐圈，甚至，因为"退出"宣言，使得他的娱乐价值大为增值，娱乐期待被充分提升。足足两年时间，他带来无数悬念，会不会复出？啥时候复出？和他有关的女星该怎么办？还会有照片流出吗？这一切都被反复谈论,一部分娱乐期待,因为在他这里得不到满足,甚至被引向他的父亲陈泽民,这两年时间,他贡献的娱乐资源,远远超过了他演电影、出专辑的那段时期。

既没真正退出,何言复出?公众视野里的人,只有在丧失娱乐价值娱乐期待的情况下,才算退出,在此之前,所谓退出,只是妄言。

坎普陈志云

王晶新片《美丽密令》里，有个叫岑志文的角色，王晶毫不讳言这个角色是影射陈志云的，认为陈志云造作且好笑，而扮演这个角色的詹瑞文，则说演好他有三个秘诀，包括"很厉害很爆的头发"、"酒窝"、"很喜欢讲话"。其实，要想演好陈志云，苏珊·桑塔格的书是要重温一下的，因为，陈志云实在是坎普（Camp）精神的最佳本土代言人。

他好奇服，比如早年著名的蝴蝶领带；他乐意为自己加上夸张的行为标识，比如在各种场合下的高调露面，还有《志云饭局》里的招牌大笑；他耽溺于美和感官刺激，比如热衷于被健美的肉体环绕，喜欢华而不实的相处（小男友们都另有女友），等等。年轻时，这种做派还不显突出，到底有公务员这身份弹压着，进入电视台之后，周围的风气鼓励着，又渐渐得势，获得了表达自己的权力，个人作风日趋浓烈，尽得 Camp 的精髓。

当然，"Camp 并不真指男人娘娘腔、女性化"——这是林奕华说的，尽管陈志云传递奥运火炬时的跑姿曾经引起网友热议，但他的 Camp 精神重点并不在这里，不在那种可疑的袅娜，他更接近苏珊·桑塔格界定出的 Camp 的核心，比如，"它是把世界看作审美现象的一种方式。这种方式……强调风格，就是忽略内容"，"坎普即使在显示自我嘲弄时，也充满了自爱。"这简直是在说陈志云被拘 40 小时，从廉署返家后，开的那个记者招待会，他请来《志云饭局》的御用化妆师和发型师，化淡妆，梨涡浅笑，而且，短短三分半钟的发言，加上拍照在内不过五分钟，"无料到（内容）、无重心、无提问"，不但"充满自爱"，而且"强调风格，就是忽略内容"。

Camp 精神的关键词还有"超然"、"自命不凡者的趣味"，以及"蔑视实用主义"，对主流社会认为很重要的东西表示不屑，所以，白韵琴不会理解陈志云，奇怪他为什么既要做总经理，还要做艺人，"被廉署拘查，他也没有显得悲哀，还懂得出席演讲，教训他人"，把"为仔死为仔亡"当做生活的主心骨，因为，对陈志云来说，那些主流生活形态下很重要的事物、观点、排序方式，在他这里，可能什么都不算，他用另外的方式看待世界，并重新进行排序。

他的境遇，大概类似《立春》中的芭蕾舞老师，旁人不敢小觑了他，却又处处觉得他是异端，他和这世界有隔膜，这种隔膜，在一个适当的环境里，可能还显得格外迷人，如果被权势烘托着，甚至还会成为一种风格，但就是经不起落魄。

他并不高调,他那是 Camp,让他成为一根鱼刺,必须被人剔之而后快的,大概也不是贪污行贿——那在整个电视圈子并不是什么稀奇事,而是这种华丽的、浮夸的、自命不凡的异端作风。看来,即便是在貌似 Camp 的电视圈子里,真 Camp 也没什么好下场,人的世界,在骨子里,永远有一种王夫人式的严肃,以及一种叶公好龙式的宽容。

莫少聪的十二种颜色

　　人对人与事的印象，一向采取以新覆旧原则。一次迟到，从前的守时甚至早到都不作数，一次失信，从前的守诺全军覆没。人们喜欢用最新的印象覆盖以前的所有印象，用最新的证据作为盖棺论定的全部依据。

　　莫少聪遭遇的，正是这种印象法则。再度引起注意的他，是"毒星"，被配以面容憔悴的照片，港媒以模拟动画，表现拘留所的非人生活，三餐是青菜及发黄馒头，十平米的房间要容纳至少十人，"更惨到要同睡一张大木板"。经纪人张国忠的"小祸是福"言论，获释后马上更新微博，都遭人非议，他身边工作人员殴打记者，更将他推上风口浪尖。如果用颜色来对此时的莫少聪进行通感，那么，此时的他是灰色的，灰色覆盖了全部的他。5月8日，他在香港召开记者会，并在记者会上四次鞠躬致歉，将此次事件中的一些细节澄清，但此举对挽回他的形象有多大帮助，还有待观察。

事实上，莫少聪也有过十二种颜色。

他生于1962年，有一半印度血统，童年时就因形象出众而成为童星。1980年，18岁的莫少聪进入邵氏电影公司，算是正式出道。1988年，终因电影《中国最后一个太监》中的"来喜"一角获第八届香港电影金像奖最佳男主角提名，由此一举成名。1992年，莫少聪顶替元彪，在徐克版的"黄飞鸿"系列第二部《男儿当自强》中扮演梁宽，将这个形象的特质表现到极致，从此，几乎所有的"黄飞鸿"电影，不论主角如何更换，莫少聪倒是经常出现。将近三十年演艺生涯，五次获得金像奖和金马奖最佳男主角提名，最终获得三次最佳男主角、一次最佳新人、一次最佳男配角。

莫少聪的情史非常丰富，一直被视为娱乐圈的花花公子，不过，在出没夜店的花花公子形象之外，他还有一个角色：心灵朝圣者。他最擅长的运动是马拉松，而且热爱户外自行车运动，知道西藏有高原马拉松比赛之后，坚持参加了两年比赛，并决定拍摄以西藏马拉松为主题的纪录片，为此，他推掉大部分片约，拿出几乎全部积蓄，进藏拍摄纪录片。他选择了当年文成公主的进藏路线，最终制作出一部长26集，每集25分钟的纪录片《少聪心灵日记》。片子拍完，他四处走穴，重新积蓄钱财。

他还是著名的孝子，虽然在单亲家庭长大，和父母的关系都很融洽。在为人处世方面，更是谦恭，他的朋友张耀扬因为摔伤导致腰椎盆骨移位，要卧床两年，一直是由他照顾服侍。有时候，他更是谦恭到近乎软弱："往往是朋友一说有个什么事,让我加点钱进来,我就参与投资,自己不管不问也不懂,最后就是亏本。现在我基本收回了那些投资,以后还是做些自己懂的事情。"所以,当别人都认为他用不善推辞来解释吸毒是不知悔改,张耀扬却说,他的确从来不会拒绝朋友,所以惹来这次祸行。

每个人都有十二种颜色,绝非一两种颜色可以概括,也不是一两次错失就可以全部否决。一种公平的印象判决,是建立在对一个人完整了解之上的判决,一种公正的颜色论断,是在审视这十二种颜色之后的论断。当我们意欲行使裁决的权力之前,先得将对方看做一个立体的人,而不是一个瘠薄的纸片。

一个人身后要有一支队伍

在张柏芝和谢霆锋度过静默期，开始发表声明、接受采访之后，与他们的态度同时浮出水面的，是他们身后的队伍，公司、亲友、粉丝。他们的暗战，终于变成这几股力量合谋的明战，显然，仅仅像刘瑜说的那样——"一个人要像一支队伍"，还是不够的，一个人身后，要有一支队伍。

张柏芝这边，近身的支持者，是助理、好友，远一点的拥趸，则是粉丝尤其是女粉丝，谢霆锋那边，近身的支持者则较为强大，家人、英皇公司、若干同门（阿娇、赵学而），以及查小欣，远处，也有一个粉丝构成的力量源泉。

粉丝们的热情，已经脱离了真相、各自偶像的输赢，成为一种单纯的热情。他们在微博、论坛发言，痛骂记者，在王菲、郝蕾、陈冠希等等被牵连的明星微博上留言痛斥，并挥动符号化的利器，争相将"影帝"、"影后"冠冕推给对方的偶像。粉丝，已经构成张柏芝和谢霆锋婚变事件中的分战场，也是每一次娱乐事件的分战场。

局外人或许不能理解这种热情，但我却联想起最近的一些都市传说，比如独行的男人女人，在地铁里遇到古怪的小孩，被紧跟不放，或者出行者遇到疑似迷药骗局，在即将瘫软倒地的时候及时逃脱，等等。这些传说细节各有不同，真实性也有待证实，但它们都有一个共同特征，当他们被怪小孩和丑老妇困扰的时候，通常都呼救无门、无人应答，只有孤身一人在地铁和车站里狂奔。不论这些事件是真实的，还是源于被害狂想，其中有一点却是无比真实的：孤独感和不被认同感。

传说有真实的心理基础，粉丝大战也有真实的心理原因，开始我们以为，那个呼救者是张柏芝和谢霆锋，后来我们发现，更需要认同感的，其实是急于发声和表态的我们。乔纳森·拉班说："在一个由陌生人组成的社区中，我们需要一套快速易用的模板和草图轮廓，用以将我们遇到的人进行分类"，"生活在城市的人在做出这种迅速而又下意识的决定时，变得十分专业"，人们借助外表、职业、喜好、星座，对人或事用提喻法进行解读，并找出与自己意见相近的同类，张谢同样俊美的外表，让事情变得复杂了，也变得更刺激了，因此而辨别出的同类，似乎也更可靠了。

谁更需要发声？可能不是张柏芝和谢霆锋，而是少有表态机会的我们，对张谢来说，这是一场灾难，对我们来说，这很可能是一次远足,时不时地,我们就需要这样集体动员一次,在地铁里狂奔一次,呼告的是别人的事务,表达的却是自己的孤独,每一个人,都在找自己身后的一支队伍。

命运的程式化理解

　　王杰伴随我们成长,已有二十年,但这二十年却得一分为二,头十年,我们听他的歌、体味歌中的沧桑孤绝、仰望他的叱咤风云,后二十年,我们见证他的落魄、体会命运的转折、和媒体一道幸灾乐祸。

　　这十年里,和他有关的传闻,囊括了通俗小说里所有烂俗的桥段,赌博输掉亿万家财,失意时靠开出租为生,当然也少不了酗酒,而且绝对不会像劳伦斯·布洛克小说中的醉汉那样硬朗和诗意,最终还得患上抑郁症和厌食症,而最新的消息里,出现在他身边的女子,在港媒那里得到了这样的描述:"齐刘海、皱眉、金鱼嘴,且乡土味浓,不过胜在丰满,身材还算凹凸有致",还有更细致的心理描写——王杰与她一同外出,走在前面,被理解为嫌她丑,不愿和她同行。

　　且慢当真。媒体写明星,其实和写小说近似,每个出现在文字里的明星,其实都不是他们本人,他们只是任人打扮的素材和原型,被赋予某种鲜明的个性,被挖掘出一个容易发力的写作"点",类似英国古典小说和美国情景喜剧的做法,人物得是"傲慢"或"理智"的化身,与这种个性呼吸与共,所有的笔墨,都得围绕这种个性和运势,矢志不移地做下去,尴尬人出门,天一定下雨,阔太太每次都要笨拙地炫耀财富,莽汉子总是倒霉却总是逢凶化吉。而且,一旦这形象成型,别人也乐得偷懒,心照不宣地沿用,在任何事里都能找出典型个性的因子,大家齐心协力,把那个人塑造成需要的样子。

责任只在媒体那里么?其实,我们理解命运的方式,也和读小说近似,得公式化得充满熟悉的桥段,这样才方便快捷,不制造理解上的难度,最好连感喟都是预备好的,信手拈来就可以利用。王杰会不会是个内心丰富的、像杰克·凯鲁亚克那样的自我放逐者,在生活最艰涩处寻找禅意?呸,这太复杂了。还是当年万众瞩目的歌手一朝沦落,赌博酗酒与丑女为伴比较能被套进解读方程式。所以,"《知音》体"能够大行其道,不是没道理的——那其实是一本理解命运的公式大全。

戏假情真

浙江电视台的《1818 黄金眼》产生了个段子,这两天正在网络疯传。警察抓住一个自制八十多件工具入室行窃的小偷,问他为什么做这行,小偷答:"人生就像一场戏,有人扮演警察,也总要有人扮小偷。"信息时代,人人都有成名十五分钟的准备,都可以说上两句,还都能说得隽永有趣,即便那是小偷自辩。但道理是对的,想想甚至不无苍凉之意,人有扮演任何一个角色的自由,选择其中一种,并在原地不动,是出身、际遇、性格联合作用的结果。不能分身为亿,就忠实于一种。

黎耀祥选择的角色是演员。1983 年加入无线电视台营业部,1985 年插班入演员培训班,第二年开始幕前演出,在"闲角"位置奋斗多年后,连续三年荣获 TVB 万千星辉颁奖典礼大奖。他应该是很红了。但他同期的学员,多数已经转行,还在圈内的,只有他和周海媚,和他同属 TVB 名角的,多数选择北上淘金,他没有,他不喜欢别人为他配音——他是个演员。

他选择做演员，用二十多年时间揣摩演技和演戏，演戏之外的生活，还是和演戏有关，他读书、写作，周末时间全部用来看影碟，和刘青云是多年好友，也是因为刘青云对演技的热爱和他达成了一致。他的私人生活被压缩在一个狭小的领地，一切只为滋养他的戏剧生命："我的世界某种程度上是疯的，没有娱乐"。接受采访时的话语，隐隐有苦修之意："演员大部分时间都是苦的，不然会看不懂人生是什么东西。要去演戏，就必须记住生命里最不开心的时刻，记住苦难的感觉"。

但他琢磨演技打磨自己的那个地方，却是 TVB，是一个嘈杂浓艳的江湖，新闻里看得见的，都是"饭局价"、"一哥一姐"，每年的庆典合影，谁又离六叔近一点，谁获得总经理钦点，以及，陈志云重返后，又将展开什么样的复仇。活在这里，要的是老辣，凭的是颠扑不破的套路，熟练地说出"做人最重要是开心"是入门秘技，一切重大问题，最后都在煲汤煮面上获得轻易的解决。黎耀祥就在这个时刻，这个地点，在火光冲天之中，打磨自己的演技，苦思冥想人生的玄妙之处，甚至撰写了一个题为"戏假情真"的专栏，毫无八卦秘闻——尽管他有的是便利，只专心探讨演技。

他的文章，对普通读者来说是枯燥的，但似乎，他说的又不是演技："演员演出的状态有时真的很奇妙，外在的东西愈多，内在的东西就愈少；演员把创作的注意力集中在外在的东西时，内在的东西往往就会不自觉地被淹没，甚至消失得无影无踪。"人生的玄妙之处，不在他的心得里，而在于他就是心得。这种选择、专注、弃绝就是心得。做生意、写作、修行、处理婆媳关系，到最后都是同一件事，得全情投入，并且在那里面享受自己的角色。

　　而我想起他来，还是觉得不安。演过周伯通、阮小七，以及各种乱世枭雄的他，竟有那么一颗敏感的心，他借助表演说到秋天的味道："你是否是一个有情的人，是否一个对生活环境有触觉的人，都很重要。我很有趣，我是能'嗅'到秋天的人。以前在西贡居住，一起床就知道秋天到了，当中有树香，带点凉。"这种秋天的味道，后来他又说了一次。我想起的却是香港的人山人海，《戏剧浮生》书前他的照片，从小时候直到《巾帼枭雄》里的柴九，一点点变得有内容的脸。戏是假的，情必须是真的，唯一超脱的时刻，是秋天味道袭来的时刻。

低处没有飞翔

　　我有一个朋友,没工作,靠父母留给他的两处小房子收租度日,生活非常落魄,但我偶然去他家,却看到满墙出自他手的泥塑,件件令我震惊,我站在墙壁前,立刻大声发表我的计划:租陶窑、授学徒、批量生产、媒体炒作、网站售卖、身世和经历全是卖点……半晌不见他做声,回头一看,他满脸惶恐,满口诺诺,似乎我有陷害之意。我怒他不争,四处在背后替他惋叹,然而,几年后,我却理解了他:他也可以不争,内向地、低低地活着,是他的权利。

　　然而这不是社会的逻辑,尤其对那些有争取能力的人,社会更添几分苛刻,如当初尔冬升批评王晶:"我最讨厌有的人,不用心拍电影,你明明是有能力拍好的!"

　　你明明是有能力的! 贾宏声挥别世界,许多议论的出发点,多半立足于此。他毕业于中戏,他少年成名,他曾与李少红和张扬合作,他早在90年代就已成为偶像明星,他的前女友是周迅……他明明可以生活得很好的! 但是,如水木丁所说:"其实贾宏声不适合演一些常规的,性格平凡普通的角色,他最适合的就是那些感情喷薄而出,能量巨大,令人震撼,个性鲜明,充满艺术气质,神经气质的角色"。举目四望,90年代以后的中国电影,没有这样的角色。90年代之后的中国电影人物,正常到近乎平庸,约翰尼·德普、爱德华·诺顿之类的戏疯子,在商业化的好莱坞可以被容,可以被鉴赏甚至被顶礼膜拜,在此时此地,并无存活的机遇。当然,他若肯压抑自己,演神仙皇帝后宫太医,也可以生活得油光可鉴,但他不是不能,而是不愿。

他后来成了那种人——与理想主义无关,他所以垮掉了,与其说是理想垮掉了,倒不如说是一种生活愿望被强制拆迁了,他适合穴居,但人们偏要合力把他拖出他的洞穴,他适合面无人色形容慵懒,同时任由内心在低处飞翔,但人们更倾向于给他打上鸡血让他欢天喜地积极上进,他不愿克服自己的恐惧,但全社会都围剿这种恐惧,恐惧因为没了存在的理由,更显得致命。而所有的行动都有善良的动机:你明明是有能力的。

有人磕磕绊绊地克服了自己,像玛丽莲·梦露,她终身的敌人,就是她的恐惧,对电影,对人际关系。她从不相信自己能胜任任何一个角色,惧怕公众场合,于是总要设法迟到,并寄希望于丈夫阿瑟·米勒,以为他可以让自己不用再扮演"玛丽莲·梦露",但她付出的代价非常巨大。而形如贾宏声——"不怎么喜欢在大庭广众之中讲话,也不太爱和别人交流","很懒,最喜欢一个人呆着",显然连克服的欲望都没有,单是想一想要克服恐惧,对他就是巨大的伤害。

　　而这是莫之许描绘的那个世界——"中国社会除了成功,别无信仰"。颓废是敌人,而不是众多情绪中自然的一种,不成功就是罪孽,生存必须要被统摄进一种亢奋的模式,在低处飞翔,会被全世界诟笑。终于这一切成为一种不留余地的围剿,他像被追猎的兽,在末路危崖,纵身一跃。

未经修饰的动机

深陷"圈钱门"事件的张娜拉,在上海举办"张娜拉上海媒体恳谈会",与张爸爸一起,对"圈钱事件"进行了澄清,但媒体和网人依旧不为所动,认为她的表情不像道歉,有"嬉皮笑脸"的嫌疑,而且,一边道歉,还一边叫屈,把责任推给字幕,一点儿也不诚恳,显然,张娜拉对"道歉仿真学"的把握还不过关,仓促之间出来面对公众,果然没能讨好。

当然,事情搅起这么大的波澜,和张娜拉的韩国人身份分不开。在国人心目中,韩国人本来就前科累累,一直存着学者所说的"鄙华缘于文化自卑"的古怪心理,但换一个中国明星这么说,情况是不是会好点? ——"我没钱了就到广州去演出","我没钱了就到河南去演出",或者"我没钱了就到×国去演出"(当然,目前,还没另外的哪个国家能够荣任中国明星的捞金地),一样是行不通的。这场风波的重点,在于其实谁都不能这么说话,是谁说的是哪国人说的，倒是第二位的影响因素。

学者乔恩·埃尔斯特曾提出"伪善的教化力量"，他说："一般而言，听众的影响是用理性语言取代利益语言，用激情动机代替公平动机。公众的存在使纯粹个人利益的驱动变得不可能。……伪善的力量是公开性的一种效果。用'伪善是恶行对美德的敬仰'来形容是非常贴切的。公开性不能消除卑鄙的动机，但可以迫使或诱使演讲者将其隐藏起来。"

这段话适用于张娜拉事件。我们必须要把真正的动机隐藏起来，特别是那些与利益有关的动机。人们习惯于在日常交接中，找到一些替代性的说法，去取代那些与利有关的事物或动作——菜市场里，人们会说"称一条鱼"，隐蔽地表达"买"的意思。而那些与利益、与欲望有关的动机，更是必须要隐藏的，或者要经过矫饰和伪装的，"美食"是对食欲的提升和修饰，古代中国人行夫妻大礼，则默念是为了传宗接代，而现在的所有强制拆迁，都得默念是为了市容、为了规划、为了建设大业，总之，与钱与欲有关的一切，都不可说，不能说，或经过矫饰之后再说。这不属于秘而不宣，而是明而不宣。

没能洞悉这种伪善的习惯，动不动要表露自己真实动机的，只好去做歌手（这里套用的是小时候经常聆听的教诲"不好好学习就只好去做××"），拆迁办主任之类的职务，想都不要想。

鲜花盛开后的凋零期

《我爱我家》里,傅明老人参加了一次活动,倍感风光,活动结束,他怅然若失,宋丹丹扮演的和平插嘴了:"我是演员,我懂,那是'鲜花盛开后的凋零期'。"

当张咪重新成为热点,当周晓欧重现我们视野,都是因为负面消息。专栏作家钱德勒甚至列举了更多,他说,张咪和"90新生代"的主要成员一样,都已经属于被淘汰的一代,他们的下落,全都不够平顺。

人会由年轻到年老,会从巅峰慢慢走向谷底,总要经历"鲜花盛开后的凋零期",但如何度过这种时期,却不能单单依靠本能和自觉的觉悟,那需要向前人学习借鉴,是一种人生经验的传递。

正常社会,都能让成员有足够的时间完成这种经验传递,都会给他们学习的样板和实习的时间,让他们不至于在激烈的变化中无所凭依。但中国这一百年的激烈动荡,社会形态的剧烈变化,却使我们丧失了这种温和的经验传递过程,许多体验,都是开天辟地第一回。陈琳去世后，曾经风光而今过气的歌手们的现状，就引起了我们的注意，作为中国第一拨商业明星，他们该怎么度过这个阶段，如何调试自己？如何储备生存资本？那都没有前人经验可以借鉴。

文革前"二十二大明星"的生活经验对他们没有帮助，70年代末和80年代初明星的经验也不足以借鉴，那时的明星，大多属于文艺团体，并非商业社会意义上的明星，最后从政或者经商，过渡得非常自然，而八九十年代成名的这拨歌手，大多数都是真正的个体户，陡然而至的明星制却又将他们捧得非常高，现在，他们却面临一个没有前例可援的窘境，他们该怎么接受现实？该怎么理财？该怎么从幕前走向幕后或者转业？都没有样板。特别是歌手，面临的是唱片行业整体上的骤然灭亡，甚至没有幕后工作供他们寄身，想要学习前人的退出机制都无从学起。

这种时候，我们格外觉出社会的长期稳定有多么可贵，它保证了经验的传递，让人们知道现在该如何，而将来又会怎样。香港六七十年代的明星，能向老上海的明星学习，大多能够安静体面地，在美加的某个小城终老，80年代的明星，又能向他们学习，如此生生不息。而中国大陆90年代的音乐盛世所造就的明星，却被晾在了沙滩上的，用为情所困解释陈琳的惨剧，只是对这种境况的一种善意回避。

其实不只明星，我们所有人，都面临着这种没有先例的生活窘境，不知如何面对"鲜花盛开后的凋零期"。特别是在中国跑步进入老龄化社会之后,本就脆弱的社会保障体系势必不堪重负,甚至有崩溃之忧,未来的漫漫长夜,我们该向谁学习安心睡眠?

倾情喂养

　　林志颖骤然宣布有妻有儿，并承认自己此前跟为他生下"小小志"的陈若仪已然交往五年，《红楼梦》里王熙凤获悉尤二姐的存在时说的那句话骤然浮上心头——"瞧瞧，我们都是死人那！"娱记偷拍孕妇的过程固然欠揍，青海或者湖北籍女粉丝也不曾对镜痛哭，满月的婴孩就送到了我们面前，叫我们情何以堪？

　　过气了、淡出了，有资产撑腰减少了娱圈踪迹，因而少人关注，都不是真正理由，相较于那几位长期以单身玉男面貌出现的天王，林志颖似乎更有资格撇清自己与男婚女嫁、生儿育女之类人间烟火气茂盛的事情的干系，他比他们年轻，他还长着一张娃娃脸，他的眼神至今也还澄澈，如果人们当真需要一个和婚恋绝缘的偶像，那也应当是他。而人们却并没为林志颖携妻抱儿亮相而惊惧，媒体也并不一惊一乍，真正的原因，是林志颖从不曾将我们喂养。

任何一种习惯,任何一种心理状态,都需要喂养,而且得多年喂养。若林志颖始终对自己的婚恋状况畏畏缩缩、躲躲闪闪,若他今天神色沉重辟谣,明天语气笃定地在记者会上发言,称那个在自己寓所出没的女人"只是好朋友",一定激发出我们的好奇心,一定喂养出我们窥视和追究的习惯。既然他丝毫没有表现出对自己婚恋状况的在乎,我们也就无法将他的在乎绑为人质,穷追猛打进行追究。

　　人都是用对方的状态作为暗示和前提,决定自己回应的方式。四十岁老男还穿出活泼的花衣,别人问及年龄时,还辅以俏皮的反问"你猜",得到"二十八岁"作为回答实在不能算作意外。坦荡大方必然喂养出坦荡的对待,闪躲设疑,必然喂养出希区柯克式的对待,别人对待我们的方式,多半是我们塑造和喂养的结果。

　　而且得长期喂养。像刘德华那样,略微露出有肉身的迹象,就令大批粉丝伤心欲绝,绝非一日之功。刘德华的玉男形象,是从 20 世纪 80 年代就开始苦心经营的,是从对绯闻的无数次否认,是从无数次撇清朱丽倩的存在做起的,至今二十多年,积重难返之下,他和朱丽倩的婚事就成为绝难坦白的事。闻听偶像有七情六欲就昏死过去的粉丝,其实正是偶像与媒体合谋制造的,而且是长期的、从不断顿的喂养,才能获得这种热烈的回应。

　　所以,若粉丝心中的欲望可以具化为一只小小的动物,它一定会深情地对偶像道一声:"我是你养大的"。只是,这只小动物有时候无害,有时候却有可能失控,比如杨丽娟。林志颖大概正是预见到了这种风险,才不肯豢养粉丝心中那只小小的动物,也才能在今日顺利地、无畏无惧地亮出妻儿。

浮

花

代言人李宇春

　　有些人和事,是需要隔着一点时间去打量的。李宇春成为明星五年后,没有像许多人预料的那样成为泡沫巨星,而是和天娱高调续约,成立了自己的工作室,升任"李总",并且获得2010中歌榜最受欢迎女歌手等三项大奖,显然,她的故事才刚刚开始。而且,五年时间让许多疑问水落石出,是时候好好端详一下她,搞清楚她出现的来龙去脉了。

　　中性形象偶像,总是来得既蹊跷又明白,20世纪20年代超级巨星玛琳·黛德丽的出现,就绝非偶然,她出现在女性走出家门、获得工作、经济地位得到改善的时刻,她将刚刚露头的职业女性遮遮掩掩的着装变革(轻便的服装,甚至裤装)变成风尚,给了这场变革一个时尚的理由,掩护着女性的越狱。李宇春与玛琳·黛德丽有许多相似的关键词,背景上的相似,是经济发展、女性地位改善,手段上的相似,是中性形象、成为标签的裤装。李宇春所代表的,可能是一场隐性的女权运动。

这场运动的手段是反男性欣赏。李宇春是反男性欣赏习惯的，玉米用来赞美她的词语中，最常用的一个，是"干净"，"干净"的潜台词，是未被男性侵扰的，甚至是从一开始就拒绝、无视男性欣赏的。李宇春也是反明星制造惯例的，一直以来，女明星都得借助一个男性导演、男性制作人方能成就，而湖南卫视和天娱，不知是歪打正着，还是深思熟虑，不知是因为高层的执着主张，还是因为单纯的商业追求，总之，他们给了她极大的自主权，她获得了掌控自己的形象、展示自己独立的音乐能力的机会，她的形象大于团队和幕后制作人的形象，《李宇春》专辑由她包办全部创作，她的 MV 和她的"Why Me"系列演唱会，都由她担任导演。号称千万投资的 MV《序幕》的制作花絮中，她和导演刘伟强的位置，更是耐人寻味，她站着、比划、说，刘伟强坐着，含笑聆听。我们这个时代的女性主张者，要的就是这样一个独立的职业女性形象。

这种形象的重点，是必须出于天然。某超女最受指责的，就是她虚假的中性形象，若干长发照片，证明了她是为了迎合这场比赛特意制造了自己的形象。这种形象里掺不得一点沙子，因为，它是在女性地位改善，却也时起时落的时候出现，是在女性获得工作机会，却也得接受更多的侵袭，不得不接受各种性骚扰、沦为陪酒员的时代出现，其中寄寓着怎样一种渴望，是不言而喻的。李宇春的成功，被误解为源于"粉丝经济"，实在是个错误，实质上，玉米更像一个女性性别政治组织，她们用经济和文化的手段，推出一个代言人，替自己发声。

而男人们对此一无所知。上周末，聚会中间，朋友带来了他的合作伙伴,这个已经喝得半醉的男人,在炫耀了自己和若干上市公司老总的关系,讲了一大堆牛头不对马嘴的上市公司内幕后,听到我们在讨论李宇春,立刻抛出一大堆陈词滥调,最后,他叉开五指,以知情者的口吻说:"你们知……知道她是怎么当上冠军的吗？她爸爸……花了五百万!"我忍耐地、厌恶地看着他,真想告诉他:"大哥,醒醒吧,你根本不知道外面发生了什么!"

她是夏夜的一个理由

　　2010年,是李宇春成为明星的第五年,这一年,她没有发新专辑,也没有电影上映,但岁末年初接连发生的几件事,却预示了她接下来五年的方向:她与天娱续约,成立李宇春工作室,并获赠别墅;她的音乐电影《序幕》由导演刘伟强掌镜,长达八分钟,投资千万;她作为零点演出嘉宾,出现在湖南卫视跨年演唱会上。

　　五年前,湖南卫视的"超级女声"比赛开始前,在百度的超女吧里,有人发了个帖子,贴出李宇春的照片,对她做了简单介绍:"川音的学生,在学校举办过个人演唱会。已经报名参加比赛。"发帖人认为,这个女孩很有冠军相,将一举成名,接下来发生的事,证明了她(或者他)的预言是正确的,李宇春以3528308票获得超级女声年度总冠军。四年后的2009年,她的专辑和演唱会DVD销售收入、演唱会票房和商演及代言收入,达到6000多万。与她创造的效益相对应的,是天娱和太合麦田给她的自由。她渐渐获得了掌控自己的形象、展示自己音乐能力的自由。

在明星中间,李宇春是个罕见的异数,她没有绯闻,没有任何负面消息,新闻都是健康和正面的。在她走红之初,也曾发生过不利传言和揣测,但传言和正面消息,经过五年的博弈和消耗之后,最后倒是传言的能量耗尽了。她因此成为中国明星中,公益形象最毋庸置疑的一个。2005年出道至今,她每年参加慈善活动15次。

所以,仅仅将李宇春的走红,用"粉丝经济"来诠释是不够的,也不能解释她的粉丝群体那种罕见的忠诚度。她可能是整个社会的反面情绪激发出的一种正面需求。网络时代,轰轰烈烈的明星去神秘化运动,反而激发出更强烈的对有神秘感明星的期望;负面形象的泛滥,反而激发出更强烈的对正面形象的渴求;现实世界中的人际关系越是龌龊污秽,人们越需要在一个人身上寄托某种清楚敞亮的人际关系理想;整个社会陷于各种力量的博弈,人们为人群的分崩离析焦虑的时候,对认同感的需求就更为强烈。

而李宇春为一群人提供了这个可能性。就像岩井俊二的电影《烟花》,是看烟花的需求,将一群孩子凝聚在一起,让他们有了远足的理由,在夏夜走上一条漫漫长路。李宇春就是夏夜的那个理由。只要整个社会那种反面的力量占上风,就会有越来越多的人向李宇春投诚。

黑格尔说:"一切真实都是变成的。"过去五年,对李宇春来说,是为这个"真实"拉出框架、摸索出方向的五年,而未来五年,将是她为这个"真实"填上血肉,注入灵魂的五年。

从假美到真美

　　每每看到资质平凡特质模糊的明星,就会替那些为他们拍照的摄影家犯难,要怎样才能把他们拍好看呢?要怎样才能拍出那种好莱坞大明星级别的照片呢?哪一位经得起这样的抬举?

　　经历了十三年的磨砺,范冰冰终于没有了这种顾虑,她最大的成就,就是锤炼出了一张最适宜被拍摄、最适宜被当做偶像久久注视的脸。六月号《时尚先生》封面,她以切·格瓦拉造型亮相,内页组照里,她仿拟的是超人、李小龙、猫王等男性人物,这是去年八月成为《时尚先生》封面人物之后,范冰冰第二次在此亮相,那一次,她脸上打着须泡,手持剃须刀。两次亮相,寓意相近——有些女人吸引男人,在于她们洞悉了何为"女性",而范冰冰更进一步,她洞悉了何为"男性"。而更大的可能是,女性性别对她,或许只是一个错置的性别。

　　此前,她不是不美,《还珠格格》里面,到底还是她的美比较通顺,包含更多相貌之美的公约数。但那种美是假美,所有美人的美,在一开始,通常都是假美,是空气般的美,是没有信息量的美,是经不起追究的美,是画皮之后没有血肉骨架的美,有人就这样一直美下去了,有人却开始修真之路,以所有的方式寻求填充物。

范冰冰的修真之路,写下来,大概也是一部浩浩几百万言的修真小说,烂片、刺激性的传闻,为她填上最初的肌肉血骨,二零零三年的转折,为她定影定型——那一年,她拍了《手机》,接受柏邦妮采访,她说:"零三年前,我几乎是没有什么丑闻的。之后就铺天盖地地来了。"随后,她夺过了塑形之笔,开始修正自己那个妖姬形象的细节,疯狂接片,做长久计,在大陆一线女明星还普遍以红卫兵式铿锵有力的语言应对媒体时,她已懂得钻研传媒心理,奉献金句,支撑场面,在别的明星还被衣服穿的时候,她开始穿衣服。柏邦妮说她"从不对自己的处境怀有侥幸之心",恐怕不仅仅是指她和男人的关系。

即便在超出她操控范围的领域,她的形象也在不断夯实之中,一篇关于北京服装批发市场的文章里,一间偏僻品牌服装店的老板谈起明星的择衣品味,赞不绝口的人是范冰冰。

依旧邪恶也好,照旧强悍也罢,但毕竟,她现在的美,是一种真美,有支撑的美,她已经能为明星肖像世界奉献足够分量的影像文本。而从假美到真美,别人用去了一辈子,她只用了十三年。

卸了装的女人

　　如果要在"任家萱"和"Selina"之间选择一个名字称呼她，我更愿意叫她任家萱。

　　Selina 是她作为明星的名字，这个名字是为了时髦可人而存在，是为了嵌入 S. H. E 这个组合而存在，这个名字所代表的，不是某个真实的男人或者女人，而是明星研究学者理查德·戴尔所说的"形象"和"符号"，包含了苦心经营的光彩形象，以及恰到好处的甩头发甚至回眸，连恋情也是这个形象的组成部分，她的律师男友张承中，在她演唱会上的求婚，成为演唱会最大的花絮。

　　任家萱却是她作为一个真实的人的名字，是女人、女儿、女朋友的名字。在她被烧伤之后，大部分人开始慢慢熟悉这个名字，并开始熟悉她的家人，"Selina 出院感恩记者会"上，她的装扮很家常，只化了淡妆，她的头发剪短了，有点发胖。事后的新闻报道里，多半称她为"任家萱"，固然因为她的父亲出现了，"任爸爸"这个称呼需要个呼应，更因为事故促成了她的卸妆，她卸掉了无懈可击的舞台形象,卸下了为了取悦而强调的性感姿态,抖落了附加在身上的符号、冠冕,显现出她脆弱的真身。郑智化有首歌叫《卸了妆的女人》,唱的就是这回事。

卸妆之后的任家萱,面临的首要问题,是恢复健康,根据她展示给公众的情况看,她恢复得还不错,第二个问题是,她能否继续演艺生涯,后面这点,才是最扣人心弦的。从她的康复训练来看,情况似乎不容乐观,她还在进行"基本发音运动脸部肌肉及嘴角、吸吐气练肺活量,还有手掌开合、脚背拉筋以及抬大腿"等训练,可见,重返舞台之路,还非常漫长。

而演艺圈对演员,其实毫不留情,一个明星,一旦出现身体受创、精神障碍等危及演出(实质上是损耗了形象)的问题,一律会遭遇弃置。当年的施思,曾因古装武侠中的女侠形象红极一时,结果因为右臂在拍戏时严重受伤,从此被当作安全隐患,"降级出演一些于危难中等待解救的柔弱女子",她的大银幕生涯随之终结。一旦卸妆,连重新上妆的资格,都要重新争取。

临床医学将病人对疾病的心理反应,大致分为四个阶段,一是焦虑与震惊;二是否认和怀疑(否认患病的事实,认为自己是健康的);三是负面心理感受,包括孤独、抑郁和恐惧;四是适应和接受,病人渐渐适应现实,并慢慢接受。事实上,这也是很多人面对挫折时必经的心理阶段,很多人甚至过不了第一关。而卸妆之后的任家萱,却显示出了真实的坚强——有别于舞台上那种刀枪不入的女神式坚强,坚强地接受了现实,她的未婚夫也显示了真实的不离不弃——有别于"明星之恋"式的不离不弃,坦然接受这个和以前不一样的任家萱。

有人说,她在记者发布会上的形象不好看,一张真实的脸孔,怎么会不好看?卸了妆的任家萱,给我们看到肉身之脆弱,人性之坚韧,这远比"Selina"好看。

不 悔

1999 年 10 月 16 日,怀孕的吴绮莉上 TVB,接受郑裕玲采访。郑裕玲在节目里问吴绮莉,孩子的父亲是不是成龙,吴绮莉点头承认,郑裕玲再问:"假设对方不想去负责呢?"吴绮莉回答:"我一个人负责就行!……况且这次是意外,我没后悔!但曾经反复想过好多次要不要,好似人生交叉点,但最后都决定要,我会坚持在香港生。"

11 年后的 2010 年 12 月,即将在上海举办画展的吴绮莉,接受《明报周刊》采访,那个问题,当然还是绕不过去,她说:"我从来没有后悔过,我不做令自己后悔的事。"

换个女人,面对这种情况,会怎么做?怎么说?不知道。人和人之间的差异,一向巨大。奇女子吴绮莉的做法是,给女儿冠上自己的姓,给孩子起名叫吴卓林;舆论要求吴绮莉给女儿验DNA,她说,她若验,就对不起女儿,因为女儿只是女儿,不是武器;2003 年,传闻说,吴卓林将改随成龙姓,吴绮莉表示,女儿永远只是自己的,绝不会改随父姓;吴卓林两岁时,有人打算找孩子拍广告,愿意给母女俩各三四百万港元酬劳,她拒绝:"一个孩子太容易赚钱并不是好事,很容易失去应有的童真。"

一个刚硬、坚决的女性形象,呼之欲出。当然,这种坚决是有代价的,2002年2月成龙母亲去世时,吴卓林没有出现在讣告里,2008年2月26日成龙的父亲去世时,讣告上也只写着"孙:祖名"。但她在被问到如何教育女儿看待父亲时,这样回答:"我会不会叫她对爸爸怀有怨意? 一定不会。"

奇女子的奇,往往是有来历的,金庸笔下的杨不悔,若不是有纪晓芙这样的母亲,若不是生长在一个特殊的环境,又怎会那样坚强果断? 甚至坚强到有点不可理喻,果断到有点残忍? 略微追溯一下吴绮莉"不悔"的来历,不难在吴绮莉的母亲郑黎明那里找到根源,她是女强人,也有过与吴绮莉相近的经历。传说里,是成龙负担吴绮莉母女的生活——这种传说深深体现出普通人认识上的惯性,事实上,提供强大经济后盾,让吴绮莉成功越狱,可以泰然选择"不悔"的,是郑黎明。

所以,林东林这样解释"女要富养":"亦即是要她从小即直面富贵,直面物质,高薪养廉,富家养性,惟其如此,等她长大了,才能以暴制暴,遇佛杀佛。"

纪晓芙时代的"不悔",源自女性天赋的柔韧、坚忍,吴绮莉时代的"不悔",来自性格和经济上的独立,不论这种独立是自己争取的,还是母亲的馈赠。琼瑶小说《黑茧》提供了一种悲观的论点,家庭的悲剧,必定代代沿袭,无力挣脱。郑黎明和吴绮莉的经历,部分验证着这种说法,但她们的故事里,多了个补丁程序——经济的极大独立,让她们不会因为情感挫折使人生转向溃败,所以大可大方选择不悔,她的"事不关己,己不劳心"不是姿态,而是现实。

王菲的心之形

　　很少有明星,能让人对她的内心产生兴趣,王菲是个例外。她以"Veggieg"的 ID 在新浪开的微博,自 4 月 4 日至今,共发布 304 条微博,获得 53 万个粉丝。但微博中的她,和我们一直以来所知道的王菲完全两样,她插科打诨、嬉笑怒骂,熟练地使用网络惯用的谐音和火星文,这极富落差的形象,让人疑窦丛生,第一眼看过去,没法不想起香港电影——通常是灵异片里常用的台词"不,这不是她! 不是她!"

　　那么,她到底是什么样的? 一般的印象,她是冷傲的、魅艳的、难对付的、冰雪聪明的——聪明之中,又有寒意凛凛,这种形象,肯定是形象设计的结果,但显然也紧扣她本来的性格,是自有其来由的。但《三联生活周刊》前段时间做王菲专题,采访她新艺宝时代的老板陈少宝,他的一席话,却破解了"王菲"性格谜题:"外边说这个艺人'很难搞',阿菲是一个典型的北京人,喜欢有深度的音乐,人生观比较严肃,她觉得音乐不是嬉戏,但香港演艺界比较轻松，所以阿菲一直显得格格不入，形成她冷傲的形象，其实这是北京同香港的文化冲突。"

——她不理解录节目为什么要无端地笑，愕然发问"没事我为什么要笑?""为什么我来唱歌，还需要去外边做宣传?""为什么媒体问我有没有男朋友? 关他们什么事?"她甚至不喜欢香港，但她的事业在香港，她只好按捺自己，"学会了更珍惜在香港的事业"。

她是在一个肃然的时间段长大，又是从一个肃然的地点去香港的，不可能骤然间温婉起来，像任何一个在香港的市民文化里浸淫许多年的香港人那样。她的肃然，是一部随身携带的北京往事，也是闯入另一个大观园之后的谨慎，是观察、是武器、是防备，也是两种文化对照下的不协调，最终却意外地成为风格。

这有赖于她对流行文化的敏锐。始终有人诟病她的流行文化巨星身份，认为她只是一个撷取能力很强的女歌手，而没有独立的音乐能力，事实上，此前的港台女歌手，都得依靠一个男性的皮革马利翁，不论陈淑桦、梅艳芳、林忆莲，概莫能外，但王菲的聪颖和格格不入，却可以让她跳脱出去，在两地的立场互相观察，她参与了"王菲"的创造，始终掌握"王菲"的掌控权，这就是才华，也是一种独立的音乐能力，这在从前不大有，此后也没再发生。

她本人的性格，未必只有冷傲一种面貌，那只是格格不入的环境下，一种把缺陷夸大后造成的风格。在她熟悉的环境里，她能获得极大认同感的地方，她开始自如起来，卸掉冷傲，放弃神秘感,更重要的是,此前她即便不喜欢香港,也得"学会更珍惜在香港的事业",但现在她没有这种需要了,北京和香港在文化上的地位,已经发生微妙的变化,她只需要自如地做回自己。

一个人,一种文化,在确立自己地位的阶段,必然是肃然的,得到接受、获得认可的标志,其实是柔软。

2046 年的李嘉欣

2046 年,大都会。

李嘉欣坐在帝国医院手术室外的休息室里,望着窗外,远山青翠,碧蓝的海湾边上,缀着一圈红色的花。住在复合城市内的居民,大概永远也看不到这种景象,这是贫富的区别之一:可否看见真正的阳光,能看见什么样的景致。

她在等待医师为她做重生术。所谓重生术,不过是记忆移植术,自己的躯体老化了,便可以将记忆萃取出来,植入另一具较为年轻的躯体。记忆拥有者因意外猝然身亡也不要紧,富人可以早早将记忆萃取并备份,以防万一。这项手术,需要五十亿美金。这是贫富差距的终极形式,富人从此可以永生不死。

躯体的来源有二,第一种来自克隆,将自己或他人的克隆体作为记忆的宿主,第二种来自穷人的"捐献",穷人接受"捐助金",将自己的孩子(当然,要经过极为严格的筛选)送入帝国医院的记忆农场,作为记忆的宿主被培养长大,静待选用。第一种价廉,第二种要多出二十亿美金,多数人选择第二种。

李嘉欣始终没向媒体透露,她采用何种方式得到新躯体,但她多少还是有点不放心,她随手在空中划一下,一个阅读框随之出现,头版有她一半:"世纪传奇美女李嘉欣今日接受重生术",另一半却属于吕丽君。似乎,她总在和旧爱刘銮雄的女友分享版面,当年,她爆出将要嫁给许晋亨的消息,刘銮雄的另一女友甘比生女,她宣布自己怀孕那天,吕丽君诞下男婴。这次,关于吕丽君的消息,也和重生术有关,她也选定了新的身体。而另一名媛的消息,也和重生术有关,她在五年前将记忆植入一具少女的身体,现在,她看到了更好的身体,立刻弃之而去,报纸批评她浪费。

重生术问世十年,始终是热点。其实,与金钱有关的一切,是永远的热点。

医师俯身在她耳边,唤她去做最终选定——萃取出的记忆,可以部分删除甚至重组,全由当事人选择。她走进记忆选定室,在微光中,由医师帮助,接通了自己萃取出的记忆:三岁拍广告,十八岁成为"香港小姐"及"国际华裔小姐冠军",还有倪震、黎明、刘銮雄、许晋亨,《倩女幽魂2》《海上花》,在四十岁时怀孕生子,所有这些记忆,一一出现。看着这些记忆,也不是不震动的,一生竟然要经历这么多事情。

医师的声音在询问,哪部分需要删除?她知道他指的是什么——亦舒的那本影射小说《印度墨》,还有她对自己身世传说的回应:"我常常在报纸上看到一些莫名其妙的故事,说小时候我家里很穷很穷,住在天台上,讲我和某人分开是因为环境的原因。其实我家庭环境虽然不算什么大富大贵,但也是小康家庭,从来没有住过天台。"还有,嫁给许晋亨之后,没有怀孕所带来的轻微的焦虑。

所有这些,都可以修改。但七十六岁的李嘉欣,脸上毫无表情,最后她说了:"我之所以成为我,不过是因为我的记忆。"所有这些记忆,她都要。

她解开白袍,躺进手术仓,她知道,属于自己的下一个世纪,即将开始。

张曼玉决定做减法

因为在影像作品《万层浪》里露了个面,张曼玉现身威尼斯电影节,并接受了记者的采访,阔别影坛六年,骤然出现,还真是让人措手不及。

初看这个访谈,觉得张曼玉像一切曾经美丽过的人一样,在为自己的老去担忧——她说,自己正处在尴尬的年纪,已经演不了别人的女朋友,却也暂时演不了母亲,她希望自己在真正老去后,能像萧芳芳那样复出,但已经变身为另外一个演员。

对于一个从少女时期就接受我们打量和拥戴的女明星来说,老去多少有点尴尬。不老,或者不给人看到自己的衰老,是明星尤其女明星的大部分工作,比利·怀尔德电影《日落大道》中的女明星斩钉截铁地说:"明星是不会老的"。

但仔细琢磨起来,张曼玉不能接受的,似乎并不是衰老:"我不觉得我演戏演得好又代表了什么。你说你很会煮饭、很会算账,这都是实打实的本事,可很会演戏算什么呢?……到我死那天,别人说'她生是一个演员,死是一个演员',我会不高兴。"她更在乎的,是能否从自己的前半生里退出,从那个众所周知的"张曼玉"里抽身而去,为此,她愿意有步骤地、有策略地,抹去自己存在过的痕迹。

水木丁写过一篇让我反复细读的文章:《张爱玲为什么不自杀?》,她说,这个世界上有两种人、两种灵魂,一种是做加法的灵魂,要让别人看到自己,要和世界发生千丝万缕的关系,而另一种,是做减法的灵魂,他们希望自己和这个世界保持一种简淡的关系,希望自己不被觉察、不被打扰,安静地过完一生,因此永远在从自己和世界的关系中挣脱出来。张爱玲之所以不自杀,是因为她实现了一种"社会性的自杀"(借用东野圭吾的话),顺利地将自己的存在感抹掉,虽然活着,却已经成了别人心理上的古代人。

其实,这两种状态,完全可以在同一个人身上存在,人之所以做加法,常常是因为不得不做加法,做加法,为的是谋取做减法的资格,所以,许多人在人群中做加法,在独处时做减法,或者在前半生做加法,在后半生做减法。张曼玉正是如此,她逐步退隐,在自己和观众之间,制造出了一种心理上的距离,将来,她还会用一种新的形象覆盖以前的形象,像现在的萧芳芳,或者郑佩佩。

很久以前,我曾经疑惑过,那些曾经风光的明星最后去哪了,现在我知道了,一种下落是,因为衰老,即便还活跃在舞台上,却成了"看不见的人"，另一种下落是，成功地把过去的自己减掉了。

当然，减法不是人人能做的，需要用前半生进行储备，贾宏声之所以自杀，原因之一，是他已经到了应该做减法的时候，却还是不能减弱自己和世界的联系，甚至还要不断加重。这是敏感者最大的痛苦。

而现在的张曼玉，就像《毕加索的奇异旅程》的结尾——毕加索在墙上画了一扇门，拉开，外面是碧海蓝天。那是一个不需要我们知道的世界。

像树木一样站在他们身旁

　　以前，一直没能完全理解，李安和江志强为什么要帮助汤唯，要为她的复出用尽心思、铺路搭桥，要把自己对中国社会心理的全部知识，用在这样一个多少有点风险的个案上。

　　俗气的想法是，李安内疚——一个女演员，为了成就自己的电影，做出这么大的牺牲，他理应予以回馈，所以才会委托江志强照顾汤唯，但，艺术的世界里，李安是个杀伐决断的人，他曾说，为了电影，为了做大事，死人也不算什么（大意如此，"死人"未必是真死人，只是一种比喻），何况只是为了剧情的需要脱掉衣服？功利的想法是，李安和江志强，为了成就自己的形象，才对汤唯"不抛弃不放弃"，因为，中国人所认同的理想中国性格里，忠义是重要的一环，但，那样巨大的压力下，抛弃了放弃了，普通人也很愿意理解。

　　直到看到解冻后的汤唯接受采访的若干段视频。其中一段，她和《月满轩尼诗》的导演岸西同时出镜，一直替岸西举着话筒，态度磊落大方，有适度的亲昵，毫无拘谨羞涩，也并不刻意取媚，另一段，她和香港记者对话，语调调整得非常南方，偶然夹杂英文，悠游的姿态后面，是充沛的自信。那一刻，忽然明白了，她为什么会获得帮助，为什么与她合作过的所有人，不论是张学友还是鲍起静，都真心地夸她赞她。

那不是因为同情，不是因为怜惜她的境遇，而是因为，她完全是和他们在一个层面上对话，在心智上心态上对事物的理解和表达上，和他们完全对等，她落地就宛如老友，一瞬间就心领神会，不容人小觑，李安和江志强可以不帮助自己签约的艺人，但他们却得帮助自己的朋友。明白了这一点，也就明白了人们为什么会对她的沉寂那样惋惜，明白了人们何以认定她是清白的，《月满轩尼诗》中由她扮演的女主人公何以理直气壮地拥有"爱莲"这样一个名字，因为她和她的那些贵人们是平等的，不需要用潜规则来补上什么落差，而"潜规则"之"潜"，就在于双方在地位上有强弱之分。

这一切，得归功于她的画家父亲对她潜移默化的影响，归功于她成年后才出道，在自我已经成型之后，才展开演艺生涯。她在一开始，就自己设定为一个将会和他们比肩而立的人，而且，通过后天的努力达成了这个愿望，她考入导演专业，以导演的眼光审视自己，她默默锤炼自己的英语和粤语，她让一种优雅的仪态成为自己的标志，拥有了这一切，她于是可以像一棵开花的树，泰然地站在别的树木旁边。

她揭示了一条重要的自我成就之道，人只有使自己强大起来，拥有和高于自己的人平等对话的能力，才能得到较为公平的待遇。

如今，《月满轩尼诗》在成为香港国际电影节开幕电影后将在内地上映，汤唯全面复出，她所有的努力都将不再浪掷，而我们对她，有着静候五百年一般的熟知。

你露面，就是最好回馈

　　人与人之间的热爱和忽视、亲和与排斥，非常奇妙。

　　话说，当初汤唯落难之际，有本杂志力挺她，选她做年度最美五十人，后来，她借《月满轩尼诗》复出，那本杂志请她上封面，却遭到拒绝，倒是另外一位话题女星拔刀替上，当然，也许是，她那时候更需要低调，不能稍一得意就张狂起来。相近的例子，还有曾轶可。罗永浩非常喜欢曾轶可的歌，她的新专辑小样问世后，罗永浩觉得"音乐佐料太多，那种带有缺陷的、朴素的、感动人的东西丧失殆尽"，于是自己拿出钱来，召集周云蓬、张玮玮，想为曾轶可重录一张民谣风格的唱片，录音过程中，音乐家们充分领略了曾轶可及身边工作人员的个性，最后，曾轶可还对着话筒现场评价："这是我去过的最差的录音棚"。

　　好吧，她们并没有顺我们心意的义务，不必知道这个人的热爱和那个人的热爱有何分别，更不一定非要抹去形象和真身之间的沟壑，更重要的是，我们的热情，也不需要她们以亲临亲躬的方式——回馈，她们露面，演出或者唱歌，不荒废她的天赋和技艺，就是最好的回馈。刚刚去世的日本导演今敏在遗书中提到自己："我好惋惜这些才能，我说什么都想要留下来。"这是被热爱者的最高觉悟。

所以，知道汤唯成为陈可辛电影《武侠》的女主角，仍旧十分高兴。这种高兴，不单针对她，而是对某种天赋的不致浪掷，相信与我有着同样喜悦的人不在少数，而《武侠》拍摄方也深知这点，所以，《武侠》列出的最大噱头，就是汤唯出演。胜过甄子丹和金城武担纲，以及是否翻拍自邵氏旧作《独臂刀》，要知道，当年的武侠片叙事，都十分单薄，已经难以适应今日观众挑剔的目光，《独臂刀》中能供借用的，恐怕只有"独臂"这点情节元素。倒是她出演与否，以及到底是与甄子丹还是和金城武扮夫妻，值得探讨。

为什么一个女演员的露面，会成为关注焦点？因为，历史似乎总是首先作用于女性，命运，特别容易在女性身上显形，不管什么样的女性，其实都是波尖浪谷里的海上花。她们特别容易被那些同样作用于我们的力量抛掷和左右。我们很愿意根据她们的动向，对自己的处境做出判断。

汤唯总算以某种柔和的方式现身，并且如张江南所说，"就是有办法让人不讨厌她"。而知道一个人能以自己的智慧和韧性，不被命运一耙子打倒，并能在大时代里博得一席之地，展示这种可能性，也是对我们的最好回馈。

0.7%的盐

阿娇终于复出。

先是在"英皇盛世10周年巨星演唱会"上，与阿Sa重聚，以Twins的身份作压轴演出，随后，一度被禁的《出水芙蓉》将在3月下旬上映，然后，与陈伟霆主演的电影《前度》，将作为第三十四届香港国际电影节闭幕电影上映，4月，将与阿Sa在香港开演唱会，暑期，参演电影《越光宝盒》上映，与此同时，她还接拍了内地电视剧《灵珠》，担任主演，搭档是蒲巴甲和谭耀文。

但对于群众来说，可能还存有一点遗憾。那就是，整整两年时间，她流泪被人看到，只有两次，还都是在镜头前。一次是在去年3月播出的《志云饭局》里，另一次，是在艺术家蒋志的录像作品《0.7%的盐》之中，在这部时长为8分34秒、纯由阿娇的脸部特写构成的录像作品里，阿娇的表情，从平静转为微笑，然后，或许是在镜头前停留得太久，变得有点惶然，慢慢开始变得忧郁，终于,她开始哭了,哭到满脸泪水和近乎抽搐。

事实上,荒谬的是,在这两年里,一直存在一项争论,那就是阿娇该不该流泪、该在何时何地流泪。她在"很傻很天真"记者会上若无其事的微笑,激起了公众的愤怒,人们认为,她应当落泪及低头谢罪,而不是表现坚强,阿Sa也曾说,有人曾向她们建议,"不要装坚强,要哭啊,哭到死去活来。"但她在《志云饭局》落泪后,却受到60条投诉,有观众认为她"装可怜"、"哭的样子很假!"。

蒋志的作品和这种心态有关,他"试图把承载了太多符号意义的眼泪,拉回到最简单的物理状态:0.7%的生理盐水",他认为,大众希望见证她"真诚地流泪",并为流泪或者不流泪,加上"自命不凡的解释"。

其实,群众希望看到的,不只是眼泪。2008年,"隐私照"刚刚事发,一位朋友告诉我,当她把这件事告诉另外一位朋友的时候,那位朋友不由惊呼:"哎呀,只有死啦!"是的,稍早一点,60、70、80年代,别说是这么严重的隐私曝光事件,些微小事,都能造成女明星自杀,甚至成为风潮,列在自杀名单上的女明星,有林黛、乐蒂、陈思思、白小曼、杜娟、莫愁、李婷。事业遇到瓶颈,自杀,感情遭遇危机,自杀,炒股失败,自杀。

而阿娇,总算与时代同步了,不但没自杀,还只流了两次泪。压力之下,女人们把从明朝人到现代人的进程,缩短为三十年。

女性,真是本世纪进化最快的物种。

直到春天过去

还有谁,51 岁,已退隐很久,却连剪个短头发,逛个街也能成为新闻? 林青霞。

她剪了新头发,和朋友一起去逛街,等车的时候,看到记者拍照,露出灿烂的微笑。也许,这可以算是本年度最美的几个笑之一。

与此同时,也有人翻出她的旧事。1979 年,第 25 届亚洲影展在新加坡举行,台湾组团前往,林青霞也被列入名单。而此时对林青霞来说,并非"明如镜,清如水的秋天",与秦汉的恋情正被人诟骂,秦汉的妻子邵乔茵正忙着学习摄影、拍摄和发表全家幸福美满的照片,自己参演的电影票房正惨淡,胡慧中因为《欢颜》成了黑马,正有取代之意。一系列"正在进行时",犹如琼瑶小说在刺激性场面将要开始前的常用预告语"暴风雨就要来了",令她眉头紧锁。

而这次影展也来意不善,并无她参演的影片,却要强令她前往,而林凤娇、胡慧中早已是众望所归的影后和最佳新人,最后,她们也不出意外地捧得相应的奖杯。影展结束的当晚,她被发现在自己的房间里昏迷不醒。

急病？自杀？还是媒体后来比较厚道的说法"吃错药"？已经无关紧要。阮玲玉演的女作家韦明在临终时候喊:"我不要死,我要活,我要活!"几十年后,活过来的林青霞还要在第二天参加义演,并接受媒体对她私生活和"昏迷事件"无休止的拷问。1980年,她去了美国,并且和追到美国的秦祥林订婚。

甚至多年以后,还有电影拿当年他们四个人的故事当笑料。人,都喜欢向别人投石头;人,也只有在拷问别人的时候,可以当一次自己想象中的完人。

她不是完人,她是女人。后来,她的母亲因为忧郁症坠楼身亡,她退隐,她和商人结婚,她有了孩子,再后来,她站在26年后的街头等车,看到记者,笑了一笑。

邵乔茵、胡慧中、林凤娇是谁？已经少人知道,只有她,站在春将至的街头,笑了一笑。

春有春的甜美,春也有春的暴烈,寒意犹在,暴雨将至,满怀的青春,其实是满怀的不甘和不安,决定了要争斗、要挣扎、要期望,这些也分明提高了被风雨侵袭的几率,爱情也似掌心砂,越握,越要流走。

所以要等,所以要忍,一直要到春天过去,到灿烂平息,到雷霆把他们轻轻放过,到幸福不请自来,才笃定,才坦然,才能在街头淡淡一笑。春有春的好,春天过去,有过去的好。

局外人

1982 年,琼瑶巨星公司出品的《燃烧吧！火鸟》结尾,以姐姐林青霞向妹妹吕秀菱介绍朋友的形式,推出几位"巨星之星":"这是刘蓝溪","这是杨翠弦",最后一位,是戴着花环的喻可欣,她在片尾的三分钟里,一共露面两次,台词只得两句:"好漂亮啊!""你骗人!"

那是喻可欣的首次银幕之旅。

喻可欣不是本名,是琼瑶替她取的艺名——这是小型太后对自己栽培之意的微妙表达,怎奈台湾的爱情文艺片已经日薄西山,第二年,琼瑶就借《昨夜之灯》的档期之争,宣布金盆洗手,转战电视剧,而喻可欣则转投新艺城公司,等待去香港的工作签证。与此同时,刘德华从香港到了台湾,在张彻的《上海滩十三太保》里客串演出,新艺城的一位女士,介绍他们认识。

此处蝴蝶扇一下翅膀,别处就有风暴——但或许,是多年后才起风暴。她的自传《情海星空》里，刘德华几乎成为科幻电影里，乘时间机器返回昔日修改命运时，必然要更改的那个拐点。她得到签约邵氏的机会，后来却不接他们的电话，是因为刘德华——他对她和邵氏的合作颇感不悦；她推掉《英雄本色》的片约，是因为刘德华——他不喜欢她和张国荣演戏；她告别香港离开大银幕，还是因为刘德华——他们分手后，她要决绝地、哀伤地、挥着苍凉的手势离开伤心地。

是真是假，已经无从鉴别，但文隽先生对她的回忆，却很能说明她的性格。离开香港前，她接拍嘉禾出品、区丁平导演的电影《群莺乱舞》，电影呈现的"是20世纪30十年代香港的塘西风月"，有若干裸戏点缀其间，喻可欣允诺要做"大胆演出"，但结果是，"每次发通告给喻小姐，她都用种种理由推搪，不是生理不方便，就是尚未与男对手熟络、需要时间……终于，到了非拍不可的时候，喻小姐反悔了，她对蔡生哭诉：'过不了自己的心理关，因为爸爸是位文化人，我不能伤害他。'"后来，她的戏份全部被删，她的角色，换了张少媚重拍。难怪《群莺乱舞》的片头有她的名字，但即便慢放再慢放，也看不到她出现。

而1997年，她凭借为《花花公子》中文版拍封面重回娱乐圈，得到王晶的片约，"同样因为过不了自己的心理关，戏没拍成"。

几件事，如同白描，将一个软弱的、犹豫的、游移不定的、没有算计的或者算计不到点子上的女人绘得纤毫毕现，也使她的局外人身份呼之欲出。她始终是个局外人，持有的是普通女人的爱情观和身体观,却要靠娱乐圈的身体观来讨生活,她以为自己能,临了却发现自己不能,她以为自己看到的就是一切,最后却发现有更隐蔽的规则存在,她不是不想融入,她是没能力融入,她不是此道中人。

但在别的地方,她的颖悟力就够用么?恐怕还是不行,她是那种懵懂的小家碧玉,和周围的一切有隔膜,她不够果断,不够鲜明,不够犀利,不够大刀阔斧,不会兴风作浪,纵使有倾国倾城的容貌,也没有倾国倾城的性格与之相配。《群莺乱舞》把她删掉,简直像个隐喻,通过她,才可以知道关之琳、利智、刘嘉玲的不凡之处,以及那些和她一样貌似有资质的人为何穷厄流离。

——她们洞明,她懵懂隔膜。时时处处,她都不过是个局外人。她最大的挫折,并非来自刘德华,而是来自她的不够洞明,以及她那种局外人式的隔膜疏离。

近距离女神

　　林青霞、张曼玉、王祖贤……那是后来的事了，80年代中期，我们的银幕女神，是施思。

　　那时，我妈替国有公司工作，与二十几个同事一道，驻扎在小镇守仓库，院墙内外，分出两个世界，院墙里面，青砖红瓦，小小的花园里，种着苹果树、梨树、金盏花、荷兰菊，甚至几丛罂粟，院墙外，是西北那种土苍苍的小镇、荒山，那里阳光通透、天格外蓝——事实上，自我离开那里，就再没看见过那么蓝的天，却也再没遇见过那种荒凉。

　　我妈的同事多半是男性，平均年龄三十以下，全靠录像带与小镇那庞大的荒凉对抗，单位会议室里，一台电视，从早到晚播放香港台湾电影，只不过，林青霞在这里没有市场，时装片和台湾爱情文艺片是新片匮乏时的无奈之选，我们热爱的是"武打片"（内地对武侠片的民间称谓），尤其是古装。而那正是施思的领地。

《白玉老虎》、《明月刀雪夜歼仇》、《刺客列传》、《功夫皇帝》、《冷血十三鹰》、《绣花大盗》、《金剑残骨令》、《风流残剑血无痕》，施思的面孔一次次出现在会议室的电视屏幕上，不由人记不住，何况，那正是香港武侠片的"古龙时期"——不只指古龙电影满坑满谷，更指古龙美学在某一时期香港电影中的格外盛行。古龙式的凛冽、清寒、神秘，古龙式的对诡计的热爱、对叵测命运的幽微展望，是那时候香港电影的一致追求。正如有人从大卫·林奇（David Lynch）的美学特质发展出"林奇主义"（Lynchian）一词，"古龙"也大可以加上"主义"的后缀，来说明那段时间香港电影的气质，而施思却为奉行"古龙主义"的香港 70 年代武侠电影，添上了一点明丽与温婉，所以格外耀眼。

是的，"温婉"，所有人提及施思，必然从头脑中的那部《辞海》里，调出"温婉"来，她脸型圆润、细眉入鬓，不是平凡的美，却还没有美到凛然不可侵犯，以"邻家"形容她的美有失公允，以"倾国倾城"来定义她的美显然又有夸张之嫌，她是普通人以日常经验所能想象出来的最美，是脚踏实地的美，不兴风作浪，也不够为非作歹，民间故事里的七仙女，就得美到这种程度，再美一点，就去仙近妖了。她是近距离女神，就在五十米开外的街巷里，经得起烟熏火燎。

邵氏很知道这点，更难得是，她也很知道这点，邵氏安排她接郑佩佩的棒，《血符门》和《钟馗娘子》里，都以第二女主角出现，到了《血洒天牢》，却已升任女主角，随后又和郑佩佩的老拍档岳华合作,那时,她不过十七八岁。但在新闻报道里,看得见的部分,却都是温婉的,她敬业,她善背台词,她能使片场气氛融洽,她还亲身上阵演出打戏,名言是:"只要我脸部无暇,我就可以忍受伤痛。毕竟只有我的另一半才会看到无遮盖的我,只有他要去面对我身上的伤痕。"

而那个面对她身上伤痕的人,却使她温婉的生平成了诡异的传奇,离开邵氏,离开了古龙电影,她的生活却成了古龙电影。1989年,丈夫沈长声案发,获刑13年,随后,她离婚,由台湾到美国,从美国到巴黎,最后定居瑞士。天映修复邵氏老电影发行DVD的时候,杂志访问她,揭示她最后的下落,她住在日内瓦的湖畔,嫁了洋人,精通德意英法西五种语言。

在离开台湾之前,她曾演出过一部后来在中国大陆脍炙人口的戏——《珍珠传奇》,片尾曲用了刘方平的《春怨》诗:"寂寞空庭春欲晚"。如果让我们对她的印象定格,不妨就停在这里,停在那种春日迟迟的似怨非怨上,别再去进一步探寻。

在豆瓣网,她演出的电影,被网友标记为"温暖的回忆"。打打杀杀的片子,怎么就成了温暖的回忆? 这一点,只有你知我知。

眉宇之间,那一抹英气

　　错误的印象也有值得深究之处,《慌心假期》给我的印象之一,是贯穿始终的昏黄色彩,我甚而模糊地觉得,主人公活动的背景是苍黄的沙漠,另一面又恍惚地记得,它应当出自90年代初,是香港电影最浓烈魅艳时期一个清淡的、格格不入的异数,这几天把多年念念不忘的它翻出来重看,才发现,两个印象都是错误的。

　　原配与情妇,离奇地邂逅于欧洲游途中,因为太过投契,团队旅游结束,两人又结伴前往摩洛哥,情妇却被当地人掳去,禁锢在曲折深巷之中,做了性奴,原配虽已悟出眼前这女子的来历,仍执着找寻,甚至花钱央人嫖遍摩洛哥,终于将情妇救出。情节貌似曲折,却有极简主义的风韵,格调清简瘦削,剧情浑然天成,毫无"一肚子故事"式的做张做致,像也不近也不远处的琴房里,有人反复地、决绝地、刚硬地叩击有限的几个键,有一种逼近绝望的扣人心弦。那里面有惊疑，却到底没能让它彻底成为一出悬疑片，张之亮不过从惊悚片里借来一点味，供有悬疑惯性的人自动添加联想，犹如梅艳芳扮的原配 Michele 对薄情丈夫任达华喊出的："你以为我杀了你的情人，布局把你骗来？你看了太多的希区柯克电影啦！"但那里面的异域，一点也不比《客栈》里的异域不恐怖，那里面的荒寒，一点也不比《幽媾》里的西北黄土高原来得少。

《慌心假期》里的男人，一个一个都靠不住，但这种"男人靠不住"大展览，却也并非简单的指控，Michele 即便求助于他们，似乎也只是对自己早有预料的事做个求证，尽自己对男人的最后一点义务——我对你仍有相信，但骨子里她还是不相信的，所以她也不哀求，也不用强，仍然是矜持地、克制地、冷静地要他们帮忙。然而，这点相信失去了，她也就没什么可信的了，脱离了他们的压榨和消费，似乎也就等于脱离了他们施以援手的可能，她顿时失了依傍，和周遭的一切都没了联系，像不小心流落到了几万年前，某个天地混沌的时刻——那种昏黄的印象，就来自故事里这种天不应地不灵的荒莽。而梅艳芳就像个忧患重重的、活了好几千年的游魂，眉头微蹙，在昏黄的、下土下沙的异域里求生，眉宇之间，仍保有一抹英气，似乎，保有那点英气，就等于自我暗示，自己仍能做得了主。

"凝练"多半没可能形容一个女人，无论如何得用来修饰鲁迅、福克纳的样貌气质，至少，也得是保罗·奥斯特抑或麦克尤恩，但却可以形容梅艳芳，她脸上没有一块多余的肌肉和无用的线条,她是把女人富余的、琐碎的一切都撇干净了,把一切有望无望的相信都剔除了,而为这一切定影的,就是那一抹英气,仿佛她做得了主似的英气,即便实际情形并无改观,但只要嘴角倔强地抿着,眉头微蹙,眼神凌厉地射出去,就能给旁人和自己一个暗示,她这个人,是笃定的,是做得了主的。

做自己的主,对于一切人,其实都是幻觉,特别是必须经历双重压榨的女性,更是幻觉。梅艳芳的成就,她获封"香港女儿"称号,和她身后留下的遗产,她临终前为筹医药费,单衣薄衫地在日本拍摄的那广告,还有,大病复发时,抱着她的干妈、何冠昌的遗孀何傅瑞娜说的:"干妈,怎么办? 我唱不了,不能工作了,我以后的生活怎么办?"这期间的落差,给我极大的震撼,莫说她母亲和兄长不相信她竟然不是她的世界和财产的主人,要连连告官,连我都要跌坐在地上,像苦情片主人公一样在心中暗叫"不可能,这不可能"。

她所能依傍的,只有那一抹英气。那是一种"流于表面的女性主义",其要义,就在于"仿佛自己做得了主"。一旦只寄望于自己做主,一旦连和男人之间那种基于压榨也好消费也罢的关系都不相信了,其实就没什么可相信的了。毛姆说:"我属于一个妇女处于过渡阶段的时代……这个时代的妇女一般地……既无母亲的优点,也无她女儿的优点,她是一个解放的奴隶,可是不了解自由的条件。"这话依旧适用于现在。

《慌心假期》被当做梅艳芳的最后一部电影,并不确切,后面至少还有《男人四十》，但《男人四十》里灰暗到底的妻子，全被林嘉欣抢去光彩，而《慌心假期》确更像"梅艳芳"的最后一部电影，因为英气尚存，而那，是她努力确立的一贯形象，尽管"流于表面"。

时间成就的奇女子

老牌女星狄娜的葬礼，于上月在香港沙田宝福纪念馆举行，她的遗作《电影——我的荒谬》正成为畅销书，引起抢购热潮，她当年在电影《大军阀》里的全裸演出，是自愿还是被骗的争议，仍在进行，可以预见的是，她的故事还没完，余韵袅袅。

百年香港电影，星光璀璨，狄娜能被人铭记至今，不只因为她是六七十年代最具知名度的性感女星，而是因为，她是女演员中的异数，始终以左派自居，苦心研读马列著作，多次表示要"与资产阶级及资本主义社会决裂"，回大陆当无产阶级战士、当螺丝钉。1974 年，从商的她申请破产，成为香港第一个申请个人破产的人，数年后却又奇迹般还清债务，并进入航天科技和卫星发射领域从商。所有的传奇要素，一时齐备。

但她的传奇里，得加上点细节。她是把公司的债务转移到自己身上，以获得破产的资格，而且，当时的她，即便是贱卖家产，也足以偿还债务,但她没有,她是为破产而破产。而在那前后,她已经和泰国政要结识,后来奇迹般复出,也是因为泰国政要把财产托管给她。

对她那种后路充足的决裂,陶杰不以为然,他认为,狄娜出现在一个"民智未开"的时代,那时候的香港人,尚天真,还没见识过"这一类石破天惊的作秀人才",也不懂得何谓政治,这才成就了她,他宣称,"此地并无奇女子",她的主张只是为了方便逐利,她的传奇,其实是一堆华丽的肥皂泡。资深影人岑建勋也认为狄娜"对政治的见解仍是一个入门汉,只了解当中皮毛"。

事实上,政治对狄娜来说,或许更具审美功效,不过是另一种形式的华服珠饰。她的主张实在是五彩缤纷,晚年主持《百年中国》及《大国崛起》,在节目中对时局直言不讳,与此同时,《大国崛起》却打算找命理学家在节目中分析中国命运。

不过,一切真实都是变成的。三毛有一篇题为《空心人》的文章,讲述自己的成长经历,但她提炼出的过程也适用于一切人:所有的人,起初都只是空心人,所谓自我,只是一个模糊的影子,全靠书籍绘画音乐电影里他人的生命体验唤出方向,并用自己的经历去充填,渐渐成为实心人。而在这个由假及真的过程里,最具决定性的力量,是时间。是时间,让花纹深入了肌理,让口头上的主张浸染了情感的力量。

久伪,近真,久伪,即真。奇女子之奇,一切奇人之奇,其实都在于时间。当狄娜选择了用什么充填自己时,就已经选择了未来的真实,其他的,只需要交给时间。

野　草

　　花,常常用来被形容女性,但苏紫紫,更像草,野草。

　　她的出现,就像一夜骤雨之后,突然长起来的那些野草。2010年底,腾讯为她做的一个10分43秒的专题片,作为腾讯《某某某》系列的第11部,在腾讯视频频道上线,专题片在她的旁白里开场,10分钟略多的时间里,她讲述她的身体观——"不一定脱了才是艺术,但是赤裸地去观察自己身边的世界是人的一种本能。人体本来就是一种自我反思的方式","女人很美的",她因为什么机缘做了裸模这行,她的身世——叛逆少年期,曾经的吸K粉的混沌少女,家里的房子遭遇拆迁,奶奶瘫痪,自己骤然醒悟,考上中国人民大学,为了赚钱成为裸模,等等,她也坦然公开自己的动机——为了不让过去的一切成为未来生活的雷区,唯有选择公开讲述自己的故事。这个视频经过新浪微博的传播之后,使她成为2011年的第一个网络红人。

如果到此为止，她赢得的就会是同情、声援，但她没有停下来，她选择像野草一样蔓延招展。她裸体接受记者采访，她表演"鱼缸秀"，并迅速在北京798举行作品《采访》的发布会，在作品旁边，配着诗："我始终只是和你面对面坐着，不管衣冠楚楚还是全身赤裸，而你，在我的眼中看到了什么？究竟，是你还是我？"并且这样诠释自己作品的主题："我偏要以一种赤裸的状态去看你，那是一种逼视，一种挑衅，对男权社会的挑衅。凭什么你说我好看就好看，说我不好看就不好看。你有什么权利去评价一个生命，难道我们不平等吗？我是个女人，我怎么样都好看。就是这样！"显然，她不要同情，她要的是争议性。同情是静止的，是单向的，是无法参与的，但争议性却是具有延展性的，是可以最大限度激发旁观者的参与欲的。她得用这种野草一样的罔顾、漠视、前行，给自己添上一点异色，这种异色，和她的年龄、清纯外表之间的落差，是争议的来源。

　　都是聪明之举，虽然你我都清楚地知道她所有行为背后的考量、计划、目的，但还是不得不承认，这些举动是聪明的。她选择了最具争议性的话题：裸体，选择了网络作为发布的平台，把"强拆"、"女大学生"等等全社会关注的热点作为自己的标签强调出来，所有这些，都掐准了社会的G点，并用"艺术"，为自己的行为附加了意义，她的每一次出镜，都有着精心设计的形式感，蜻蜓点水般地涉及到了"男权女权"、"观看"等等议题，她也给自己贴上了"社会的敌人"、"反抗男权"、"以赤裸面对社会的观看"等等标签,她知道自己的身体和仪态,并不符合大众对人体艺术模特的要求,和汤加丽那种经过舞蹈训练的、精心雕琢的身体和姿态相去甚远,她于是游走在传统艺术和行为艺术的边缘,努力淡化观看者的期待。当观看者认为她的身体不够美,裸露的尺度过大,姿态和意念过于直陈的时候,她就逃遁到行为艺术的领地,而此刻的中国当代艺术,正杂草丛生,只需要一点概念,只需要一点微量的形式感,就足以立地升仙,这个领地,完全容得下她的投奔。

都非常聪明。以一个19岁女孩来说,甚至有点太聪明了,所以,人们怀疑她背后有一个团队,和当初怀疑芙蓉姐姐、罗玉凤身后有人一样,其实,只要看看她在《一虎一席谈》节目里的表现,看到她临场时的急智,看到她面对陶宏开时所说的"你说的道德是什么,是统称,还是你用来反对我的那一部分(道德)?"就可以知道,她自己完全可以胜任将自己托出的任务。

那些野草一样的女人,都得有这样一技之长,不论是芙蓉姐姐,抑或罗玉凤,她们的特长是勇敢,而她是聪明。

这些野草一样的女人,此刻别无罪名,她们最大的罪名,是炒作。《一虎一席谈》里,几位反方的专家,最大的利器和大棒,就是"她炒作"。但,作为苏紫紫,或者其他来自底层的男男女女,在整个社会阶层已经板结一块,仙界的天空早已板结一块,向上的通道完全堵死的此刻,也只有用这种非常的方式,才能获得一点向上的资本。作为一个被剥夺干净的女人,她唯一能得到的福利,就是炒作。她们一定不愿意用这种方式拿到自己应得的一份，此刻，她们别无选择。

就像野草别无选择，必须吸取一切可能吸取的养分，在一切可以探头向光的时刻竭力争取，只为片刻招展，一季枯荣。

一朵金花

2007 年,《东方日报》刊出一组照片,照片中人,是莫文蔚、冯德伦和周星驰,三人言笑晏晏,一派和谐景象,前情旧爱聚首的原因,其实异常简单,冯德伦打算开一间售卖魔术物品的店铺,而周星驰拥有一座商场,冯德伦于是由莫文蔚陪伴,去周星驰的商场看铺,三个人有事说事,其间,莫文蔚亲热地用手搭着周星驰的肩膀,而冯德伦也始终笑脸相迎。而与此同时,周星驰正在和冯德伦合作拍摄《跳出去》。

这种情形,在男女之间,实属罕有,在香港娱乐圈,更是异象。最难得之处,是前爱新欢同样落落大方,公是公,私是私。而一个人选择什么样的人,比其他参照物更能映射出一个人的内心,一个人曾经的或者现在的伴侣,是一个人内心最好的镜像。他们是她的镜子,落落大方,心无芥蒂,而那正是莫文蔚,她是敞亮的、坦荡的、国际化的,这种作风,和香港女星迥异,在这座看似开放实则保守的城市里,她是异数,她是少数几个仅凭这种落落大方心态开放,就足以代表香港国际大都市形象的女星。

莫文蔚是富贵生活滋养出的一朵金花:祖父莫理士,英皇书院的创办人和校长;祖母罗惠德,出身望族,曾在复旦大学修读中国文学;父亲莫天赐,精通国学;母亲何敏仪,曾任中学英文教师、香港电台英文节目主持、港府高级新闻官、无线及亚视高级行政人员等要职;哥哥莫理斯,英国剑桥大学国际法律系博士。

因为得到过,所以淡泊,因为欲望并不那么强烈,所以毫无拘谨之态,所以她一再强调,"跟一个人在一起,最重要是看能不能学到东西",并且言行一致身体力行,和林忆莲一样,将"才子癖"渗透到事事处处,尤其是看待婚恋的眼光之中。

与周星驰的相处,开启了她的演艺之门,他奠定她的电影形象,建议她剃光头出演《回魂夜》,扮丑出演《食神》,让她出道不久就获得台湾金马奖和香港电影金像奖最佳女主角提名,甚至她的歌唱生涯,也与周星驰有关,她为《大话西游》唱的那首片尾曲《未了情》,让周星驰断定她适合唱歌。1996 年,莫文蔚签约滚石,她的黄金时代从此展开。显然,莫文蔚从周星驰这里得到的,并不像她所说那样,只有品尝红酒的心得。事实证明,他虽然拥有一张北野武式的冷面,甚至很可能有一颗同样冷硬的心——2009 年的"倒周"风潮即是明证,那首让莫文蔚总要唱到落泪的《他不爱我》似乎也若有所指,但他的确识人善任。

与冯德伦的九年恋爱,依然是她"才子癖"的延伸,经由张国荣介绍认识后，她迅速被比自己小四岁的冯德伦的才华打动，看到他执导的处女电影《恋爱起义》后，邀请他为自己的新歌《冬至》拍摄 MV。他在这方面有点像她，别的明星，不论男女，总要夸张自己的美貌，他却极力压制，像卫青一样努力破坏自己的美少年冠冕，戴黑框眼镜，作风散淡，并且真诚地认为自己更适合做一个导演，而她也极力配合，他拍的电影，票房惨淡，她则公开叫嚣，认为那是好电影。

她的爱情，是几近常态的爱情，是没被金钱名利过度扭曲的爱情，绯闻名单上的男人，都不是来自豪门，都不是生意人，多多少少有点才华，或多或少，或正或歪，而且，完全可以根据那些男人所拥有的才华程度，来判定绯闻的真假，陈小春，可能是假的，张亚东，或许是真的。一个人的情史，大可以代表这个人。

因为只是爱情，牵涉甚少，所以来去都轻盈，相较于多数男星女星的穷形恶像——眼下可不正有这么一桩轰轰烈烈的公案？所以，莫文蔚每段感情的开始结束，都能保持体面，前情后爱也都能坦然相处。

富贵逼人，富贵却也养人，尤瑟纳尔曾说："血缘高贵的理想尽管是人为制造出来，但它有时却会在某些人身上培养起一种独立、自豪、忠诚、无私的精神，就定义而言，这种精神就是高贵的，谁拒绝承认这些，谁就会堕入当今凡夫俗子的偏见之中。"莫文蔚的情史，有如一朵金花的独立。

想当年，黄安初见 20 出头的莫文蔚，惊为天人，并且写下近乎癫狂的字句:"你绝不知道我已为你疯狂！如果你说愿意嫁给我,我可以马上盖章。如果可以选择最后下场,我愿和你死在床上。"结果,他失败了,并在多年后得到"自作多情"的回应,显然,他的失败之处在于,他看到了她金花式的美艳,却没看到她金花式的内心。

被遗忘的时光

有这样一个女演员：她生于 1949 年，小时候的读物是《钢铁是怎样炼成的》，受演员父亲的影响，她 19 岁考进电影公司，电影公司要求演员接受贫下中农的再教育，她于是在纱厂当了三个月女工，再到片厂干杂活，随后才被安排到演员的岗位上去。此后十年，她出演的角色，大多是劳动妇女，她也经常说，自己是劳动人民的女儿，要用劳动来回报人民。

如果这是一道猜谜题，需要答出主人公的姓名，那么，绝大多数人，想到的都会是内地 70 年代的女演员。

但这是鲍起静的经历。

也是一段被遗忘的时光的缩影。在 80 年代前，在香港人确认自己的身份之前，占据主流的是国语和国语片，"粤语一度是低下阶层的共同语言……粤语文化在统一的国语里一度找不到一个合适的位置"，表江这么说。但博弈从 20 世纪 50 年代就开始了,两种力量,一直在此消彼长中,最终,粤语文化成为主流,"香港人"的身份正式确立,长城、凤凰的往事渐渐被覆盖,成为无处安放的史前文明。

她是这一切的见证。

一

鲍起静的父亲鲍方是著名影人,母亲刘苏是著名话剧演员,为躲避战乱,他们来到香港,鲍起静就出生在香港。

鲍方在内地时已经成名,但作为左派演员,他不愿在香港随意接片,家境十分窘迫。1949 年,长城影业公司成立,1950 年代初,长城的片子陆续上映,鲍方进入长城,鲍家的境况逐渐好转。

鲍方传递给鲍起静的,是一种耿直清平的世界观,他不让她做童星,让她从小读名著,还准备把她送到广州念书,因"文革"爆发而作罢。鲍起静从长城电影公司演员训练班毕业,先去荃湾纱厂当女工,再去清水湾片厂打杂,成为演员后,出演鲍方执导的新片,拍片时,天气很热,鲍起静想离厂出去透透风,便到鲍方面前叫声"爸爸",然后说明理由,鲍方回答:"你是人,别的不是人呀!你闷热,人家难道很凉快吗?"然后大喝一声"站好。"鲍起静只好乖乖"就位"。多年后,她说,父亲是她的偶像,即便是她那众口称赞的丈夫,也不如父亲。

她少年老成,从片酬 200 元的龙套做起,不管角色大小,戏份多少,"任用任拍"。长城的电影中,常常有她惊鸿一现,只是,她参演的《虎口拔牙》(1969)、《英雄后代》(1969)、《小当家》

（1971）等等左派文艺电影，以及那部翻拍自内地的电影《海燕》（1970）并没能让她在香港走红，直到1977年，她在鲍方自编自导自演的《屈原》里扮演婵娟。这部电影在全国放映，引起轰动，婵娟在片中弹唱的《橘颂》，是那几年最流行的歌。

二

鲍起静电影事业的高峰，不是《天水围的日与夜》，而是《白发魔女传》。

长城公司作品，根据梁羽生小说改编，1980年拍摄，外景取自黄山，鲍起静扮演练霓裳，她在长城演员培训班的同学方平扮演卓一航。摄制组在黄山拍外景时，巧遇邓小平，应摄制组的要求，邓小平和导演张鑫炎、演员鲍起静、方平等人合影留念。

虽然林奕华说，她比林青霞"更早挑战这亦正亦邪的角色"，但这却是一部放到内地80年代武侠片里，也丝毫看不出异样的电影，作风质朴，时有内地影人魅影闪动，为影片配唱主题曲的，竟是刚刚成名的郁钧剑。这部戏在内地公映时，引起巨大轰动，但在香港，反响却并不大，在戏里饰演配角珊瑚的刘雪华，多年后在蔡康永的节目中回忆说："那部戏没人要看"。

这部戏的另一成就，是促成了鲍起静和方平的姻缘，在那之前，鲍起静经历了一段短暂的婚姻，对婚姻余悸尚存，而方平又英俊潇洒，常有绯闻传出，还在演员培训班时，方平就常常被班长鲍起静批评，但黄山的长久相处，让两人产生了感情，两人1981年结婚。鲍起静现在的家里，卫生间旁边的墙上，还挂着几张黄山日出的照片,那是方平在拍戏期间拍摄的。

但刘雪华的话,却已经说明了左派电影面临的处境,80年代初,长城和凤凰影业公司相继结业解散,鲍起静承受了人生第一个重大打击:"我自幼追求的东西,一下子粉碎掉。原来一切都会变化,我过去最依赖的,原来是肥皂泡。"

2007年,与长城凤凰有着千丝万缕关系的银都机构,拍摄了向香港左派人士致敬的影片《老港正传》,这部电影的监制,正是方平,鲍起静则参与了演出,这是《白发魔女传》后他们再度合作的电影,也是那段时光的一点余韵。

三

还好,在长城影业解散前,鲍起静为自己的事业埋设了一条伏线。

1979年,她加入丽的电视(亚视前身)拍剧集及主持妇女节目,她和资深演员江雪、夏春秋、邓碧梅主持的《下午茶》节目每天播出,还组织了有两千人的影迷会,可节目骤然遭遇腰斩,她被调离主持行列。她随即在亚视戏剧组找到落脚点,与"亚视一哥"潘志文合演的《大地恩情之家在珠江》,为她在亚视的电视剧生涯找到新起点。这却也并非一劳永逸,80年代末,亚视人事震荡,新政策是减薪、削出镜率,鲍起静再度遭遇闲置,凭借不计较角色和戏份的精神,她又获得承认。

其间,她也遇到过挖角,没离开,亚视这两年遭遇危机,她说,自己对亚视有情意结,不想离开。

亚视五十周年时，举办"亚视半世纪的精彩之最受欢迎剧集投票"，候选的五十部经典剧，十四部都有她参演。

任何时候，她都是那样，倾尽全力，尽显甘草演员本色。在王晶的《金钱帝国》中客串，和方力申扮演母子，方力申扮的角色被殴打，她跪着哭得死去活来，连方力申都要说："妈妈，你客串而已，用不用那么激动"。

成就鲍家人的，也许就是这份认真。鲍家人为电影贡献的，不只有一个认真的鲍起静，还有一个认真的鲍德熹（鲍起静的弟弟，原名鲍起鸣），他曾凭《白发魔女传》夺得香港电影金像奖的最佳摄影奖，1980年代，他执导的电影《爵士驾到》，他担任摄影的电影《喜宝》，都显示出他的电影才华。2001年3月25日，他任摄影的《卧虎藏龙》获得了奥斯卡最佳外语片、最佳艺术指导、最佳摄影和最佳原配音乐4项大奖。

值得尊敬的，不是身在哪种阵营，让人坦然立身、在跌宕起伏的命运中保持平和的，也不是任何一种立场或者方向，而是这种踏实、耿直、敦厚，以及对人世的一份相信。

浮

情

再不复合就老了

　　不是所有的复合都能得到祝福。年轻男女们，一旦表现出两个人已经尘埃落定，又要在一起的愿望，我们图两个人红红白白摆在一起，比一个人好看，嘴上当然祝福，心下不以为然。郑秀文和许志安复合，我们的祝福真心实意，早该在一起了，快在一起吧，快点，再快点。

　　年龄放在那里。

　　媒体列出时间表：1989 年，相识；1991 年，恋爱；1995 年，分手；1996 年，许志安个唱，郑秀文带病站台；1997 年，各有新欢；1998 年，郑秀文称随时结婚；2001 年，重修旧好；2002 年，发表"厨房宣言"，年尾再传分手；2003 年，复合；2004 年，许志安宣布分手……2011 年 3 月 3 日，两人共享下午茶；2011 年 3 月 7 日，许志安承认复合，当晚 23 点 37 分，郑秀文发表复合声明。

　　1989 年至今，二十二年时间，分分合合，经历了香港回归、新旧千年更替、"9·11"、非典的来与去、北京奥运会、两次金融危机，这两个人，几乎是铁了心将电影《两小无猜》中的游戏规则贯彻始终，敢于分离，敢于悔婚，敢于以一切方式折腾，总之有的是时间，有的是源源不断的感情。但现在不行了，时间不等人，再不复合就老了，再不复合就可以用中国现当代史作为回忆录的背景了："CEPA 签署之后，我决定北上。"时代的烟焰张天，他们在自己的舞台上恩怨嗔怒。是时候结束这一切了。

有些决定必须要时间打磨。二十岁时候的分合决定，都做不得数，因为欲望还蓬勃着，自己都不知下一秒钟有什么变数。甚至，仅仅用时间，都还不够，还要配上动荡和幻灭。这十年里，两人陆续北上南下，一个精神出现危机，一个拜码头，在那些深不可测的场合寻机遇，驱之不去的，恐怕是一份荒凉感。

像《大话西游》，小儿女的恋慕嗔怪，突然遭遇更大、更强悍的命运，牛魔王以另一套法则的代言人身份现身调教；像贾樟柯的《世界》，小儿女的热闹贪欢，突然被狂暴地打断，生命脆薄，世界无比荒凉。

荒凉之中，才更加觉出对方的熟悉和温度，经历了这样一番动荡，才更加确定自己能掌握的也很有限，于是像大观园倾颓后，再度相遇的贾宝玉和史湘云一样，互相说一声：哦，原来你还在这里。

像走到天地苍茫处，才发现怨恨龃龉其实都很小，只有在力所能及的范围里，心无所碍地原谅、放下身段对话，在变老之前，竭尽所能互相温暖。

进化论

报纸上的新闻:一年轻女士路口等绿灯时,两劫匪敲破车窗玻璃抢走了她刚自银行取出的 20 万元现金,然后乘摩托逃走,这位遇劫的惊世狂花,沉着地驾车追赶,并勇敢地进行撞击,撞倒两名劫匪,当场夺回被抢的 20 万元现金。英雄的壮举被转载到论坛里,后面女网友的回复却令人万念俱灰:"很无奈的猜测:这女人是单身。而且没有男朋友。事事都要自己解决的单身女人才有这等魄力、胆量和反应速度。"

这大概可以解释莫文蔚的专辑《L! VE IS... Karen Mok》为何在第 19 届金曲奖获得最佳专辑大奖,这张专辑,除了所有 10 首歌都由莫文蔚谱曲外,还由她担任整张专辑的制作人,为省钱,她不搭出租,宁肯搭船搭地铁去录音室。我们甚至可以想象,她在做这一切的时候,都面露坚毅之色,简直像个银河女战士——其形象之铁血,超过以往任何一张专辑,而后来我们知道为什么了,她那时已经和冯德伦分手，成为单身女人，由此也拥有了"魄力、胆量和反应速度"，所以，莫文蔚要在庆功宴上感谢冯德伦："要不是他，我也做不出这样的音乐而得奖"。她没有驾车撞劫匪，却有别的成就。

无独有偶，同一届金曲奖颁奖典礼上，同样因为失恋而拥有了"魄力、胆量和反应速度"，并且获奖的，还有蔡健雅，她在 8 个月的网恋结束后，每日在家以泪洗面，足有 3 个月没出门，拚命以创作疗伤，结果就是那张《Goodbye & Hello》，第一首歌《达尔文》就是与"D 先生"分手后的感悟："学会认真学会忠诚，适者才能生存，懂得永恒得要我们，进化成更好的人"。这张专辑让她获得金曲歌后与最佳专辑制作人两项大奖。

这都是群众乐见的叙事模式，蚌因为砂石的磨砺酝酿出了珍珠，苦难和麻烦让人拥有了优秀的品质，几千年的苦难造就了我们中华民族坚韧不拔的性格，总之，所有的坏事都不是白来的，既然苦难和麻烦根本无法回避，想想它的副产品也是好的，就连失恋的女人，最终也获得了事业的成功作为补偿，写了几首怨曲，就轻易地把老将和新人一起打败，即便没有成功，也不要紧，至少也能拥有"魄力、胆量和反应速度"。

不过，土摩托在他的"你以为你真的懂进化论"系列中告诉我们："人们倾向于把人类看作进化的最高端，细菌则被认为是最原始的生命形态。换个说法，人们倾向于认为进化的目的就是把生命越弄越复杂，这个说法是错误的。进化有时候会把生命越弄越简单。比如,海星和海胆都没有脑子,但它们的祖先反而是有脑子的,是进化把它们的脑子弄没了。"为什么呢？因为,复杂的个体之所以必须要复杂,是因为它们面临着持续的生存压力,不得不一直复杂下去,而那些微生物之所以简单,是因为它们面临的生存压力较小,于是一直简单下去,它们才是进化论的胜利者。

所以,结论非常悲观,真正快乐和幸福的,绝不是拥有"魄力、胆量和反应速度"的我们,也不是获奖的莫文蔚和蔡健雅,而是日渐退化的别人,以及在希腊游船上和肤色黝黑的壮男一起晒太阳的女人们,他们才是进化论的胜利者。

原来,姐弟恋还是个话题

原来,姐弟恋依然是个话题。

杨千嬅的新片《完美嫁衣》详细讲述姐弟恋的事主如何相处,如何破除种种障碍,不能不让人联想到她和丁子高的婚恋事。事实上,邀请演员出演与本人经历有契合度的角色,是电影制作方最喜欢的小把戏——永作博美和小她 13 岁的瑛太传出绯闻后,她立刻得到机会在《不要嘲笑我们的性》里出演诱惑 19 岁大学生的女教师,贾静雯争女事件还在风头上的时候,《依本多情》马上给了她一个有争女戏的角色,果然,《完美嫁衣》的监制郑丹瑞坦言"故事就是按她的经历来写的",剧中,杨千嬅扮演的阿昕比林峰扮演的阿风大五岁,现实中,她和丁子高的年龄差距也是五岁。

显然,姐弟恋还不是寻常事,还具有话题性,还值得用电影来反复讲述。

只是,在《完美嫁衣》里,或者在杨千嬅的表述里,姐弟恋似乎更多地是一个内心的问题,电影中的阿昕不敢承认与阿风的恋情,"总是到了油麻地才敢拖手"。而她最终选择阿风,而不是一位年龄稍长的男友,也是因为,和年龄较大的男友在一起时,"我始终要保持跟他同一个水准,好辛苦。但是和阿风在一起,我可以做回自我。"现实中的杨千嬅,在这桩恋情里,似乎也用了更多精气神在克服自己上,比如试探婆婆的态度,一旦她发现婆婆更在乎的是她娱乐圈中人的身份,而不是年龄差距,她于是释然了,似乎,她的不安都是心魔使然。

其实,这些所谓的内心问题,还是因外界的障碍引起,只是,外界在文明社会"宽容"的旗帜下,努力掩饰自己的态度,将这些障碍表现得不那么明显,以至于让人产生"姐弟恋已经不是问题"、"还有人谈论姐弟恋?"的疑惑,似乎一切都是当事人内心的问题而已,但说到底,一切的不安、怀疑,其实还是外界态度的映射。

还好,作为当事人的杨千嬅,有一颗平常心,自己找到了平衡:"我自己在结婚前都常常被写啊,很惨的,写我一个人买醉,一个人很孤独地去买内衣,所以我很理解这种感情是什么。我觉得这个词很不公平,剩女是她们自己的选择,不应该用这两个字来形容这样的女生","反正我也有孤独一生的权利。"

生活多半如此,没有这样的问题,就会有别的问题,不是姐弟恋,也有可能是婚外恋、师生恋、异地恋,总之,是某个话题的重心,身处其中的人,所要做的,只是利用外界的宽容——哪怕那是假装的宽容,知道自己的生活是话题,却不以话题中人的姿态生活,只管专注地解决好内心的问题,找到自己的平衡,像杨千嬅那样。

地下情

两位歌手，C 和 Z，恋爱许久了，从不肯公开承认恋情，某次一起去电影院看电影，为了不给人发现，花样百出，如同搞地下活动，真滑稽。

只看两人离开时的一幕，就非常有趣。先是 Z 不等电影结束就出了影院，四处观察环境，让司机把车靠到影院侧门，一头钻了进去。5 分钟后，C 的女性朋友出了影院，一样四处观察后，把车开到影院侧门，为了不引人注目，还关掉车灯，过一会，又有两个女孩子，作为先头部队走了出来，最后，C 才在又一位女朋友的陪同下出了影院。看一场电影，兴师动众，神色严峻，左顾右盼，好像身上带着中情局全部特工的名单，或者印地安·琼斯没找到的那张宝藏地图，这等阵势，我们只在从前的电影里看见过，如果当事人能像林道静那样掠掠头发，估计表现会更完美。

过程这么神秘，两位主角却又穿着情侣装，一式一样地头戴棒球帽、身穿 T 恤衫和牛仔裤运动鞋,生怕人们把他们俩扯不到一起,又要遮遮掩掩,又想让人知道,大概十分刺激。

明星们有个假设,就是全世界都非常关注他们,我们都默默无闻、心甘情愿地爱着他们,如果他们一旦有了爱情,我们都可能会集体自杀,为了照顾我们脆弱的心灵,避免悲剧发生,他们不得不锦衣夜行,偷偷摸摸,把爱情搞成地下情,把结婚搞成秘密结婚,把儿子搞成私生子,就连古巨基,也认为他"秘密结婚"比"古石夜话"的传闻更加有损他的声誉,四处怒斥传言。

他们倒不是怕狗仔队,不是怕绯闻被暴光,他们只是在表白,自己时刻在被关注的中心,有这防范的资格,有这藏掖的必要。

所以,真正的豪门,总是不欢迎娱乐圈里的女人,倒不全是因为她们的出身、经历,而是因为,她们心理上不朴素。时刻需要被关注,就是这不朴素中的一种。

梅艳芳的选择令人恻然

梅艳芳去世六年半,梅妈从未停止对遗产的追讨。日前,梅艳芳的母亲表示,自己虽然被判败诉,但还将于七月十九日到终审庭递交上诉文件,如果失败,还将北上申冤。这一切都只因为,梅艳芳在去世前,留下了一份引起争议的遗嘱:

她将两个物业赠给好友刘培基;给兄长和姐姐的4名子女留下若干款项作为学费;剩余遗产,委托汇丰国际信托有限公司管理,每月拨付母亲覃美金7万港元作为生活费。之所以采取这种形式,是因为她怕母亲"太花钱",若将遗产尽数交付,会被她在短期内花尽。

她的遗产,刘培基有份,是有原因的。19岁,出道伊始,她就认识了刘培基,1983年,他为她打造的形象轰动全港,使她摆脱了"徐小凤第二"头衔。此后21年,他们是朋友,是合作伙伴,也像亲人。2003年,梅艳芳的最后一场演唱会,最后一次出场时的那件婚纱,由刘培基制作。她的遗嘱引起纠纷之时,身为漩涡中心的他却躲了起来,给梅艳芳做最后一件衣服:她的寿衣。

而梅艳芳的家人,则用具体行动,解释了她为何留下这样的遗嘱。梅艳芳刚去世,梅艳芳的母亲覃美金就大闹灵堂,并放出话来,说她身边都是坏人,葬礼刚告一段落,就跑去抢梅艳芳的骨灰,随后又打起遗产官司,顺便指责第23届香港电影金像奖颁发"专业精神大奖"给梅艳芳时,没有请她到场,当年年底,她就荣列某周刊2004年十大"疯"云人物第8名。

六年时间,覃美金坐吃山空加上高昂的律师费,致使遗产被消耗殆尽,有人建议她放手,梅艳芳的大哥梅启明的回答是,官司已经打到半途,形如"洗湿头",绝对没有可能"一头肥皂泡跑出来",覃美金则表示不会申请综援,打算身穿乞服在街头卖唱,曲目是《万恶淫为首》。

电影《失踪的宝贝》里,有一段旁白:"我总是相信,是那些你无法选择的事物造就了你,你的家乡,你的邻里,你的亲人。"亲人无法选择,更没有可能摆脱,即便他们再不堪。

而梅艳芳一生的所有努力,还有那份遗嘱,却都是一种选择,她试图自己重新造就自己,试图在那些无法选择的人和事面前,做出选择。她做的事,都在他们的对立面,他们痛惜金钱,她便仗义疏财,他们苟安于这繁杂的世界里,只管忙着把眼前的揽到怀里,她便更加要强,事事处处都要争第一,人前人后都创造传奇,一定要跳出这疯癫、不可理喻的鸡窝,飞上枝头作凤凰,一定要在舞台上仪态万方,风采夺人,明艳不可方物,才出得了多年来腔子里的一口秽气。

甚至包括选出自己认可的亲人。既然血缘上的亲人已无法选择,她就用遗嘱为自己选出自己认可的亲人。

她就是这样,一落地就是为了给风吹雨打,却在污泥里仰望着星空,孤苦伶仃,与自己斗争,在无法选择的命运之中,尽可能做出自己的选择。至今想起,仍觉恻然。

镜头下的黑白配

多年前,朋友给我们宣讲他关于两性差异的重大发现:"一男一女合影,女的总要望向镜头,不管是婚纱照还是生活照。男人就从来不懂得看镜头。"后来检验他的心得,发现确实如此,大多数情况下,负责望向镜头的,总是女性,但我的朋友完全没有想到,他的理论在一种情形下是不能成立的:如果被拍摄的男人,是娱乐圈中的男人。

黑人陈建州向范玮琪求婚,就属于这种例外情形。求婚的地点,是新泽西篮网 IZOD 中心球馆,时间是 2 月 17 日,NBA 某场比赛的中场,而这一时机的选择,是易建联给的意见。陈建州在求婚前,预先布置了视频拍摄,他先是对着镜头解说,然后走向范玮琪,简短的提问后,向范玮琪求婚,并出示了婚戒,被求婚者愣在当场,而旁边观看比赛的老外看出了端倪,激动得大喊大叫。这段视频被放到网上之后,短短几天的浏览量达到两百万次。而在整个求婚过程中,不断望向镜头的,就是陈建州。

其实,陈建州和范玮琪的十年相处,都颇具镜头感,情节、画面,都仿似一出偶像剧。相遇,是因为陈建州代班《我猜》,范玮琪为首张专辑的宣传前来上节目;十年恋爱,戏剧化的情节一段接一段,比如,陈建州想给她送花,却不知道地址,就在她家附近每户人家的信箱里都摆了一枝花。

范玮琪的回应,也算是足够深重,2004年,《最初的梦想》精选集发布会上,范玮琪当场宣布:"黑人是我最终的梦想!"2006年,专辑《我们的纪念日》中的第一首歌,是写给陈建州的:"太阳晒得我眼睛睁不开,你的好脾气,让我心情坏不起来。下雨下得我眼神发呆,你的道歉,听着听着我都快要笑出来,谁说不能黑白配,世界上没有什么事,能够如此的绝对"。

偶然互相示威,也是偶像剧式的,陈建州曾说他自己37岁才会遇到"真命天女",范玮琪的回应是"我也不是非他不嫁"。范玮琪打算回哈佛念书,陈建州表示:"女生念那么多书干嘛?!"十分鲜明的,属于偶像剧角色设定的,莽汉与感性女孩的性格对照。

足足十年。这十年,正好是月白风清的十年,社会富裕,从前那些经常出现在爱情故事里,并努力制造波折、带来生离死别的社会因素变淡了,这一代的年轻人,不是李梦竹和何慕天,甚至不是张香华和柏杨,情事起伏,不用跟着整个社会的跌宕走,如果一定要跟点什么,不如跟着镜头走。他们只需对镜头负责,为镜头恋爱,可以为别人看到觉得好看、自己将来看到觉得舒服而恋爱。

一切一切，都可以配上台湾青春片那种蓝天绿草的海报。

是盛世里才有的恋爱场景，镜头始终在场，让男人女人全都浮华起来，但浮华有浮华的好。不给爱情一点面子，也得给镜头一点面子，破坏了画面，是最大的罪过。情在艰难向来是传说，许多美好姻缘，其实就是在长久的浮华之中走向圆满。

长　情

　　詹妮弗·安妮斯顿又上了娱乐新闻,原因是安吉丽娜·茱莉已经正式入住布拉德·皮特的别墅,令她异常难堪。但这则新闻里,令我感怀的却与风月无关,而是其中一句不起眼的话。

　　人们在分析詹妮弗·安妮斯顿难堪的原因时,认为是她现在的住所离布拉德·皮特的住所只20分钟路程,因此很可能在路上和安吉丽娜·茱莉遭遇。但她之所以住在这里,不是因为眷恋她和布拉德·皮特当初筑下的爱巢,而是因为当年和她一起拍摄《老友记》的科特妮·考克斯的寓所就在附近。

　　这是友谊比爱情长久的又一例证。当初,他们六个新人一起主演《老友记》,不但在戏里情深意长,戏外也建立起了真实的友情,也许不过是因为年轻,也许是本性使然,好莱坞的残酷竞争法则在他们面前暂时失灵,收视率节节上升,他们于是联手提高片酬并且获得成功,使他们获得了演员工会的褒奖。10年《老友记》,亿万观众,渐渐把他们和瑞秋、莫妮卡、乔伊混为一谈,也注定了他们从此演什么都再难获得突破,跟真正的纯真比起来,演技算什么呢? 谁都看得出,他们戏里的温情不只是表演。

2004 年,《老友记》播出最后一集,六个人各奔东西,但还是来往密切,詹妮弗·安妮斯顿搬个新家,都要不避嫌疑,冒着住在前夫寓所附近的危险,以便和科特妮·考克斯住得近一点,可以去拉拉是非,比比新衣服。

所以尽管安吉丽娜·茱莉眼下大红大紫,但人们还是一边倒地同情詹妮弗·安妮斯顿,有人在论坛上贴出安吉丽娜·茱莉的风骚照片,加上批注:"安妮哪里做得来这个?"安妮斯顿也不是没有拍过过火的照片,但她一出现,就是以邻家女孩、傻大姐的形象出现,而且是和五个深得人心的朋友一起出现,有朋友的人,是有福的人,是信誉有保的人。而她这样长情,更为自己加了分,赢得了尊重,使人们确信,她不只是在戏里才重情。

所以,有时候我想,遇到真正好的人,不如把自己压一压,忍一忍,和他做朋友的好。十年树情人,百年树朋友,两条腿的人到处有,可以经营百年的项目确实少,与其在他肩头痛哭一晚,不如"只要偶尔深夜想起有你,会有一丝微微的酒意"。

如果墙壁会说话

英美媒体大战,博彩公司开出 1 赔 10 的赔率⋯⋯从来没有一对名人的分与合,能像布拉德·皮特和安吉丽娜·茱莉这样令人瞩目,尤其是,所有的设想,还只停留在猜想阶段。这不只是因为当事三人的知名度,还因为,安妮斯顿和茱莉,恰巧是两种女性阵营里,最具有代表性的女人,皮特所串起的两桩婚事,也恰巧是两种最具代表性的婚姻。

安妮斯顿貌似是属灵的,是甜的、柔软的、小鸟依人的、贤良淑惠的,以家庭为重心,情感就是她的全部天空——多年前的瑞秋一角,已经完成了她的形象塑造,此后,对她的解读与诠释,全都沿用这个路数,她当初厚着脸皮住在茱皮二人的寓所附近,是因为和她一起拍摄《六人行》的科特妮·考克斯也住在附近,她长情;她分手时写的那段话——"每段关系都有漩涡和波浪"四处传诵,引来无数唏嘘感叹,她深沉睿智;她是秋天金色的下午,是衣服上太阳的味道,是一段柔和的钢琴曲。

到了茱莉,好,请换配乐,请换上一段强悍的重金属,她是烈酒,是辣的、强势的、进攻型的,她撬来皮特,是因为她发动了魅影攻击,她能拴住皮特,也是因为她手段高明,他成了她的私人物品,他的生活完全被她笼罩。在加拿大传记作家伊恩·霍尔珀林的传记《布拉吉丽:那些不得不说的事》(布拉吉丽,Brangelina,是欧美媒体用两人名字创造的一个合成词,用来说明他们的恋情)里,两人动辄大打出手,而皮特每每沦落下风。而婚姻,只是她世界的一部分,她拍戏,她做慈善,到处和穷苦的黑小孩合影。她是高度紧张的夜晚,是皮革和金属碰撞时的响声,她被当做女人仅仅因为她的身体是个女人。

两个女人,两个阵营,两种婚恋模式,人们怀有憧憬的是前一种,对后一种颇多腹诽,甚至宁可无视一个事实:茱莉和安妮斯顿都是好莱坞权势榜上的强人,而只顾在人生的皮相幻影上投射自己的生活观:和安妮斯顿在一起,就是好好过日子,和茱莉在一起,就不是,每当茱莉带着皮特露面,大秀恩爱以破除分手传言,人们毫不吝惜使用"牵着"来形容他们之间的关系。

真是这样吗?还是因为,我们已经习惯于用男性在婚姻中的待遇和地位来判断一桩婚恋的成败?男性占了上风,那么这桩婚姻就是好的,女性符合我们对妻子角色的传统想象,那么这桩婚姻就是值得的,应当大力旌表和肯定,反之则要极力唱衰。事实上,即使是那些貌似从安妮斯顿的角度考量两次婚恋的人,真正的视角,依然是从布拉德·皮特那里出发的。不论男女。

真实的情况是怎样的？哪次婚恋给人更多的愉悦？哪类关系给人更多的滋养和帮助？如果墙壁会说话,只有它,才有资格让一切明了。

痛骂负心人

宣传新片《点球成金》,布拉德·皮特登上杂志,并在《Parade》杂志中谈起詹妮弗·安妮斯顿和安吉丽娜·茱莉,效果十分惊悚。

他说:"我在90年代的一段时间内一直在躲避……但是我本人的生活却那么无趣。关于这个,我觉得一部分是因为当时的婚姻,我不得不在那段关系里去伪装些什么。"紧接着,他盛赞安吉丽娜·茱丽:"我可以毫不夸张地说,选择和安吉丽娜在一起是我这辈子做的最最聪明的事情,她才是能配得上我后代的女人,孩子的妈妈。"

杂志15日出街,引起轩然大波,伤害美国甜心的后果十分严重,布拉德·皮特不得不在16日道歉,改口说詹妮弗·安妮斯顿是一个给人带来阳光和温暖的女人,是他的朋友,他很珍视这段关系,他所说的沉闷枯燥并不是她的责任,是他自己的问题,他的责任。

讨论布拉德·皮特与詹妮弗·安妮斯顿和安吉丽娜·茱莉在两段情里的表现和感受，永远不会有结果。同样是詹妮弗·安妮斯顿，在布拉德·皮特此前的描述中，是温暖的、聪明的、公平的、魅力非凡的，是一个可以触及到他内心的人，"在十步的范围里"，就可以让他感受到幸福，"我们之间一点阻碍和焦虑也没有"。而同样是安吉丽娜·茱莉，在加拿大传记作家伊恩·霍尔珀林为他们写的传记里，则是一个动辄挥拳的女人，而且常常让布拉德·皮特落荒而逃。人和人，在不同视角下，予人不同观感，即便是同一人，在"时"与"境"联合作用下，也给人不同感受。

何况，身处宣传期，说什么都有可能，说什么都当不得真，慈善秀长年累月地做下来，也让人审美疲劳，黑孩子合影拍多了，也难以产生新的刺激，偶然失控，偶然丧失自律，倒显得有几分别致。

但这种表态，发生在一个微妙的时刻，美国离婚率经历60年代到80年代的激增，并在1981年达到最高峰之后，开始下滑，跌到了1970年以来的最低值。但，这个数据，很有几分心如死灰的味道——越来越多的美国人，生活在一起，却并不结婚。

内地正加速赶上，今年6月，有媒体发布数据，称一季度我国共有46.5万对夫妻离婚，平均每天有5000多个家庭解体，较去年同期增加17.1%，这个数据已经连续7年递增。尽管，上海社科院家庭研究中心主任徐安琪研究员随后指出，这种统计方法和说法都不正确，但有一点确凿无疑，我国的离婚率增速和 GDP 增速基本相近，过去 5 年年增长率为 7%，浙江省的数据则表明，过去 10 年，离婚率增长了 4 倍。与传统离婚大国美国相比，中国人在这场急速到来的"阴阳大裂变"中的感受，恐怕来得更猛烈，也更痛楚。

所以，面对布拉德·皮特发表错误言论、宋丹丹痛斥前夫，以及《蜗居》、"渣打小三"、姜岩跳楼等等与家庭和婚恋遭受冲击有关的事件时，中国人更加不淡定，布拉德·皮特在中国论坛上遇到的痛骂，不比美国来得少。

痛骂负心人的背后，是一场悄然发生的地震，当明星作为纸老虎，在婚恋领域所遭遇的监管痛骂越多，越能说明，现实中的婚恋捍卫战，艰难，且呈白热化。

一次清新的晾晒

　　旁观了这么多次明星婚嫁,一个问题还是悬而未决——我们为什么要关注明星婚礼? 答案或许是——我们需要向别人的生活里望一眼。以前的时代,望和被望都是方便的,我们甚至把主动"晾晒"作为重要的交流方式,衣服晾在阳台上或者院子里,供来往的人瞻仰,集邮册和相册摆放在客厅里,随时给客人奉上。而现在,私人空间多半是封闭的,以家庭为单位的人际交往也退出舞台,只有在婚礼上,还能尝到一点晾晒的乐趣:哦,他家都认识这些人,哦,他家家境还不错。明星婚礼,因此获得了比以前更多的关注。

　　晾晒也有高有低。一种好的晾晒,就是邓超和孙俪婚礼这样的。婚礼的流程设计,和普通婚礼没什么两样,简单而不造作,电影画面剪个片子,作为仪式开场,新郎新娘合唱个歌,新郎跳钢管舞娱乐来宾,来宾里能唱的唱能说的说,没能到场者的礼物——比如赵本山的书法作品,当众做个展示,和孙俪同天生日的韩红,在现场认了孙俪妈妈做干妈。同时善待媒体,虽然包下整层的宴会厅,做出举办封闭式婚礼的姿态,也宣布了不能拍照和发微博,却并没严格执行,为媒体设置了休息区,送了快餐,派发了红包和小礼物,还接受了简短采访,就是个招待来客的样子,一切都是淡的、温和的、有平常心的,奔着中国人最讲究的"过日子"去的,虽然不事声张,却提高了邓超和孙俪的形象,显示出他们稳定的情绪和良好的人际关系。姚晨说的"所有人都哭了"虽然有点夸张,也至少说明了,这是一场正常的婚礼,晾晒得当,不以表演、炫耀为责。

另一种晾晒,是把婚礼做成权力晾晒场,这些婚礼里,读得出金碧辉煌,却读不出日常生活人伦日用。

是两种婚礼,两种晾晒方式,却也是两种生活态度。一种是过度表演的,too much 的,另一种是适度表演的,点到为止的。但在娱乐圈,显然是持有前一种生活态度者更多。

所以,在那么多巨大的、精彩的、壮观的、非凡的婚礼之后,偶然看到邓超和孙俪这种清新小品式的婚礼,难免觉得可喜,就像往别人家阳台上张望的时候,发现晾晒的是一件白衬衣而不是SM 皮衣或者职工文艺汇演常用的电光闪闪的晚礼服,不免松一口气。

难得有情人

　　女星公布自己的男友标准："他要给我安全感,偶尔约我看个电影,或者在家里陪我看电视;在路上会很温柔地蹲下来给我绑鞋带,生气会买个冰激凌哄我。家里保险丝断了,会在牛仔裤的屁股口袋里面插根螺丝刀,站在椅子上修理。不要很帅,要很男人。因为我很闷,不喜欢出门,话又不多,他一定要能够和我合拍。"

　　这不是人,这是"琼瑶小说男主人公"加"台北水电工"加凯文·科斯特纳版的"保镖"加"机器猫"加"维尼熊"加"贴身小棉袄",该有的功能一律要有,不该有的全不能有,还要召之来,挥之去。各个条件,看似简单平常,放在一起,却有着说不出的妖异。

　　《广岛之恋》里的男人赞美女人:"你像是由一千个女人合成的"。许多人找的就是这样一个"一千个男人合成的男人"或者"一千个女人合成的女人"。看起来,取的不过是每个人身上最朴素的优点,合在一起,却十分惊人。但《广岛之恋》是露水姻缘,一夜两夜,惊鸿一瞥,而正常人里最出众的,也不过是"十个男人合成的男人女人",只要有足够的时间去审视,也会发现,对方不过还是"这一个",有自己的特性和缺陷。

但许多人都有上述标准,太爱自己,于是抽出自以为的优点,投射在另一个虚无的人身,觉得自己完全配得上这样的完美情人。

女星又说,"如果我找到我很喜欢的人,一定会全心全意地对他。""喜欢"的前提当然是这个人已经具备各类完美条件,而这些完美条件的核心其实是无条件地爱自己。所以说,有种爱,不过是寻求被爱的过程,他们的爱,是以刺激对方更注意自己为最终目标,他们的爱,是一项无风险投资,一定要在对方倾囊相授之后,才肯拿出来一点点。

鱼玄机有诗:"易求无价宝,难得有情郎"。宝物确实易找,例如宝石,只要色泽硬度符合标准就够格,"有情郎"却要有钻石的硬度、矢车菊蓝的色泽、迷人的猫眼光学效应,当然难得,即便存在这样的"有情人",自己是那个有着同样优点的"有情男(女)"么?

坏女孩走四方

章小蕙作客网络聊天室,谈恋爱经验:"千万不要一晚约会两个人"。

大概听在道学家耳朵里,是非常不入耳的,以 42 岁的高龄,约会男人也罢了,还约好几个,还约在同一天晚上,挑挑拣拣,堕落呀!无耻呀!再联系她的前半生,败家,跟洋人走,演《桃色》,背着巨债置之不理,搬家到美国,简直都不知道说她什么好。"杀了她,也还污了刀。"

但她活得真是蓬勃啊,开时装店,写专栏,演电影,穿华服,喝美酒,跟河莉秀探讨美容心得,对被当作 15 岁儿子的姐姐的经历津津乐道。而看看身边 42 岁的人,不论男女,大多活得灰头土脸,身边的女人,即便相貌有几分出色,也都是恨不得把自己藏起来,引人注目是最大的罪过,如果再欠下这么多的债,大概也只有得抑郁症和跳楼两条路可以走了。

她的确和我们知道的好女人有距离,可你看,她没有一点所谓的成见,谈起河莉秀来,语气里一点点的惊,一点点的不屑都没有;谈起前夫,谈起前夫马上要写的书,也没有一点点的怨毒,一点点的不耐,甚至都不刻意回避。她的世界够大,所以不介意,所以有胸怀(而不只是胸脯)。她也真有能量,死地后生,还谈笑风生,她也够平实,"千万不要一晚约会两个人"是经验之谈,估计又将成为她语录中的一条。

她不是我们愿意承认的那类标准之上的好人,她是个亦正亦邪的人。

人是亦正亦邪的好,我们喜欢的偶像,多半有这种气质,武侠里的令狐冲、杨过,现实中的周润发、梁朝伟,都有这气质,就连当年的同学,现在生活得最好的,也都是那些个最不守规矩的。亦正亦邪其实是一种自信心充沛的状态,聪明的人、有魅力的人、有经验的人、对这世界知道得足够多的人、能够掌握自己生活的人,才邪得起来,才知道分寸,才能亦正亦邪。大部分人只是被生活侵犯,亦正亦邪的人却是反过来调戏和入侵生活,没有聪明、经验、魅力,哪里做得到?丑若卡西莫多,要邪,大概也没人搭理,伸手,必被捉。

普通人如我等,多半是被规定了、被禁锢住了,宁愿相信一个所谓规则,作为自己的借口,找一点安全感,要冲破规则,没有那信心和能耐,当真没了这规则,我们也恐慌不安,像失了依靠。

有本书叫《好女孩上天堂，坏女孩走四方》，我没读过，但这书名真是大有深意，好女孩素白安静，只好得到一点来自天堂的许诺作为补偿，章小蕙这样的"坏女孩"，则在现世里大显身手，心想事成。如果有来生，我选择做一个亦正亦邪的人。

美哉少年

黛咪·摩尔又被传怀孕了,单是今年,这就已经是第二次了。

传言背后,当然有现实的原因和群众的心理基础。她身体的曲线,她购买婴儿床,她坐在座位上的动作——"两腿很自然地叉开,一只手还不停地抚摸自己的小腹",似乎都在说明,她已经是个准妈妈了,而传言背后的心理基础,则是因为人们不看好她和比她小15岁的帅哥男友阿什顿·库切的恋情,大家全都替她心惊胆战,生怕她以42岁的高龄被男友给甩了,于是,不得不替她寻找让恋情更稳妥的理由,以及能栓住小男人的心的办法,她恋爱了两年,关于她怀孕的传言就流传了两年,一年达两次、三次之多。这种心理自然影响到人们看待她的方式,带着这样的眼光看,她真有点像怀孕的样子,两个人的朋友,也都一再出面说,孩子生下来,他们就可以结婚了。

既然连身边人、旁观者都这么殚精竭虑,当事人的惴惴不安可想而知,而一切都只因为,他们的年龄相差 15 岁,而且,年轻的那一方,还是男方。

年轻就是好,好处不用多说,年轻就是美,美在年轻本身,一年轻遮百丑。《李慧娘》里,生活在危机和阴影中的李慧娘,身为没有人身自由的奴婢,看到年轻美貌的后生,尚且情不自禁地赞一声:"美哉少年!"为自己惹来杀身之祸,而现实生活中,年轻美丽的人,难免让人忘记自己的身份年龄,飞蛾扑火一样冲了上去。

爱还是要讲究点门当户对的,一旦跨越这个界限,肯定要付出代价,除非对方是铁打不移的有恋姐恋兄恋母恋父倾向,否则,跨越年龄的所谓的爱,总是有点因由。为了这点因由,就要付出金钱、力气,要出尽百宝取悦对方,黛咪·摩尔爱上阿什顿·库切,花费巨资减肥整容,古龙爱上他电影公司里的小女明星,明明是一把年纪而且肝脏不好的人,为取悦对方还去减肥,结果让身体崩溃。

而且,跟比自己小太多的人恋爱,两个人在一起,说什么呢?人,长一岁就有一岁的心情,即便这一年是在蒙头大睡中,也和没睡过不一样。他喜欢打游戏,她喜欢安静,怎么办?要拖住一个少年人,真要用尽全身气力,只搞得周围的人战战兢兢,像等着楼上的另一只鞋子掉到地板上一样等他们分手,为安慰全世界,还不得不动辄放出怀孕和结婚的传言。

我有个女性朋友,人到中年,有点身家,却就喜欢比她小十几岁的小孩子,整日和他们厮混在一起,然而有一天,和她的小男友在 KTV 唱歌,有朋友又带来一群少男少女,结果,"年轻的朋友一见面呀,比什么都快乐",小孩子们立刻凑在一处,互相比自己的手机,点一些她从来没听过的歌,他们也不是故意冷落她,但她的心顿时就凉了半截,酒也醒了。

所以,若让我写一条恋爱箴言,我要说,不要和比自己年轻太多的人恋爱,上了年纪,就放下一颗心,找个年龄相当的人,妥当地恋爱一场吧,少年是美,赞一声就够了,别当真以为爱单纯是爱,搭上自己的身家性命、所剩无几的尊严,和半世英名一点晚节。

为爱情去魅

　　如果爱情是种纯粹的、圆满的、毫无瑕疵的存在,我们视野里的明星婚恋,可以分为:接近爱情的,不那么接近的,完全不接近的。其接近程度,决定着我们的评判。

　　最接近爱情的,是曾经的张柏芝和谢霆锋,他们是金童玉女,像肯尼和芭比,在生物性上,在出身来历上,都完全公平,"隐私照"事件后,张柏芝与谢家人的表现,更为他们添上细细的光辉。这则童话持续数年。陈冠希于加拿大作证,确认张柏芝是照片中人那天,谢家全家都知那是不寻常一日,以各种表现力撑张柏芝——或者可以说,努力撑住这则童话。张柏芝 2010 年末复出,身价暴涨三倍,多半和她的童话中人的身份有关。所以,张柏芝和谢霆锋离婚后,四野里哀声一片,"我再也不相信爱情了"是早先的网络流行语,此时竟像是为他们定做。

　　还好,在"接近爱情"的行列里,还有孙俪和邓超、杨千嬅和丁子高、郑秀文和许志安。尤其最后一对，二十年时间，几分几合，每次都面露决然之色，却还是在哪里隐藏着一根伏线，将他们分头拽回。

"不那么接近爱情"、"完全不接近爱情"的行列里，可以写上许多人。之所以朱笔将他们列入"不那么接近"的边缘地带，是因为他们的婚恋里，总潜藏着一头咻咻的怪兽，或者性格的不合拍，或者身份上的不对等。

而我们之所以兴致勃勃地注视他人的婚恋，全因为，婚恋放大、照亮、唤出人性里的种种细节，探测出他们的识别力和心灵能量。如伊丽莎白·吉尔伯特在她的小说《一辈子做女孩》中所说："我不仅容易看见每个人最好的一面，也假设每个人在情感上都有能力达到最高的潜能。我曾无数次爱上一个男人的最高潜能，而非爱上他本人，而后我久久（甚至是过久）紧抓住这关系，等待这个男人爬升至自身的伟大。"

我们兴致勃勃地注视这一切，看着神话破灭，首轮印象被打破，看着被我们假设没有能力的，最终给人惊喜，被一致看好的，却没能经得起长久的注视。这个无数次反复的虚拟体验，这种种落差、错位，让所谓爱情，被悄然去魅，最终成为一种寻常体验。而这，也正是现代人逐渐失去深情能力的原因之一，旁观过，似乎也就经历过，眼见过他人的消耗，似乎也就感应到了那种轻微的疲倦。

浮

光

美貌是一种原罪

第 23 届东京国际电影节,范冰冰凭借电影《观音山》,获得最佳女主角奖,成为华语电影界第一位获得国际 A 级电影节影后头衔的 80 后女演员,不过,对于范冰冰来说,这个奖的不寻常之处还在于,她出演的这个角色,不丑,也并非歇斯底里的畸零人。

对于演员来说,美貌被视为一种原罪。相貌虽然是演员的入门标杆,但高于这个标杆太多的相貌,却通常被当做天降横财,被看做一种不健康的力量,理所当然地成为无脑、没演技的同义词。一个演员如果因为美貌引起了注意,获得了机会,就要不断证明自己配得上这种注意,要以那些需要在外形上进行丑化的角色,以疯狂增肥或者瘦身这种近乎自虐的举动,为自己较为轻易地获得的机会进行赎罪。像童话里常见的一种模式,生活在玫瑰园里的王子,必须遭遇国破家亡、长途跋涉,和敌人或者毒龙战斗,然后重返玫瑰园,虽然起点和终点是一个地方,但必须要有这样一个艰苦的过程，为玫瑰园里的生活提供合法性。

所以，妮可·基德曼得装上个假鼻子在《时时刻刻》中扮演维吉尼亚·伍尔芙，查理兹·塞隆得增肥30磅、染黄牙齿、在脸上画满雀斑，出演《女魔头》中的艾琳·沃诺斯，上官云珠得放弃她演熟了的阔太太和交际花角色，在《南岛风云》中扮演护士长符若华。终于，她们证明了她们不仅拥有美貌，而且拥有"演技"这东西，于是，她们的美貌合法了。

但演技，演技到底是什么呢？演技，或许是人对自己只有此时此地一个肉身的不满，是对"七十二变"的渴望，是人性里一种微妙的锋利，一种攫取他人生命经验的能力，也或许，只是一种心理暗示。

但人们更相信那些不易被辨认的东西，总是对那些貌似更深沉的东西怀有敬意，一个毫无难度的谜语，是对猜谜者的轻视，一个略微复杂的谜题，却貌似是种重视，给猜谜者以破解的快乐。一览无余的美貌显然不具备这种分量。林青霞再美，也被视为没有厚度，张曼玉就机灵地为自己贴上了演技标签，尽管那类片子里的她，是不自然的，用力过度的，有一种郑重其事的扭曲，远不如她扮演的甜美女友来得自然和顺畅。但人们更愿意承认努力后的她，而不愿意承认："美"本身，可能就是一种需要日夜锤炼的技艺。

所以张之亮会感叹："她（范冰冰）的美丽让人忽略了她的努力。"大势之下，范冰冰得努力证明，自己是有演技的，所拥有的一切都不是凭美貌轻易获得的,她接了一堆不赚钱的戏,比如《苹果》、《日照重庆》,《观音山》更是在力排众议的状况下接下的。现在,她的努力终于有了结果。东京电影节的获奖,或许是她走向国际的标志,但最重要的一点是,现在,她可以理直气壮地美着了。

我们缺很多陈国富

据说,国内的许多电影公司认为,他们和华谊的差别在于,他们缺少一个陈国富。确实,我们不缺电影大鳄不缺艺术片导演,我们缺的,是陈国富这种电影人。

七年前,偶然看到他的《双瞳》,万分惊艳,那正是台湾电影业衰败失声的时候,怎会毫无预兆地出现这样工整、饱满的商业片?好莱坞框架的连环杀人故事,却以道教神仙传说进行了中国化,紧张阴郁之外,还恰到好处地添点韵致,片尾梁家辉眼角的一滴浊泪,配以"有爱不死"几个字,故事完美收梢。随后看到的《征婚启事》、《我的美丽与哀愁》,都是如此,结构精巧,并无冗言,还适当地有点小黑暗,且都不过分。于是开始期待他的下一部,却再听不到他的消息,心想,还真有怀才不遇这回事,直到《可可西里》、《天下无贼》、《功夫之王》、《心中有鬼》、《集结号》(均由陈国富监制)、《风声》(由陈国富和高群书导演)出现,而他参与的最新一部电影,是《狄仁杰之通天帝国》(由陈国富监制)。

有必要简单普及一下他的生平,他生于 1958 年 5 月,曾是影评人,1981 年至 1982 年,任金马奖国际影展策划,后来曾经担任《影响》电影杂志总编辑及电影资料馆书刊《电影欣赏》的编辑。后来,为了帮朋友收拾烂摊子,拍摄纪录片,引起侯孝贤注意,由他推荐,进入电影业,1986 年,替杨德昌改写《恐怖分子》的剧本,正式从影,最终由编剧成为导演。尽管非科班出身,但他对学习和训练毫无轻视之心,每每讲述这段经历,他都竭力避免传奇色彩,以免误导年轻人,"让他们产生不要念电影学院就可以拍电影的念头"。2000 年,还在哥伦比亚公司工作的他,因为电影《大腕》和华谊兄弟合作,后来成为华谊的总监制。

陈国富更像美国畅销书和商业电影传统熏陶出来下的那种创作者,尊重商业规律,尊重叙事艺术,作品总是提着一口气,凝重、厚实,这大概和他长期写影评有关,始终带着预想、监视、批评自己的心创作,可能就会有这样的结果,由他监制的片子,也都一部是一部。所以,冯小刚认为,内地电影真正的监制制度,是从陈国富开始,他足以影响和提升内地电影业。

中国电影似乎正在进入一个黄金盛世式的奇境之中,去年的电影票房收入 62 亿,今年上半年的电影票房收入 48 亿,与此同时,几乎所有电影都被评为烂片。但陈国富对观众的评价和电影的功用持怀疑的态度,他认为中国电影在全球电影票房能力消退的时候,还能保持上升的态势,是因为中国的电影观众只对电影院这个场所有兴趣,希望"借此脱离一个烦闷的、压抑的、公式化的生活",并不是希望和电影创作者交流——换言之,电影的水准不要紧,人们要的只是这个与日常生活场景有异的场所。

不过,悲观与清醒或许是一个事物的两种命名方式,他的悲观,也是他的清醒,而我们缺的,是很多陈国富这样的影人,清醒而且务实,对电影从不怀轻视之心。

有趣,并且永远追逐有趣

      成为权威,往往会得到权威层面上的阐释,第67届威尼斯电影节选片小组成员、法国电影人杜阿梅在徐克的《狄仁杰之通天帝国》里,看出了权力关系、性别政治,徐克也并不否认他有这样的追求,但徐克最吸引人的地方,恰恰不在于对宏大命题的阐述,在这些方面,有太多人比他做得出色,他的大部分魅力,在于有趣,时时刻刻、事事处处,记者就着《狄仁杰》里的易容情节问他"给你一次机会,你希望自己可以易容成谁?"徐克答:阿童木。这就是有趣的徐克该说的话。

      生活在平庸无奇之中并且有自知自觉的人,就会理解我为什么念念不忘"有趣"。我们最大的罪过就是把生命弄得乏味无趣,并且不设法挣脱。单位里,分派工作的时候、出门坐车的时候,永远有人会说"男女搭配,干活不累",偶然间没人说这话,我倒像是踏空了一阶楼梯;应酬中,敬酒的时候,永远有人会说"你说几下就几下"。甚至有一次,单位组织我们去监狱里接受警示教育,听服刑的犯人现身说法,上台演讲的女人的罪行,乏味到令我忍无可忍:误交男友,经不起他的甜言蜜语挪用了公款,她难道不看报纸的吗? 这种故事,报纸上三天登一次。

坏的东西未必都是无趣的,但好的东西却必然是有趣的。徐克的电影,就妙在有趣。《蝶变》、《第一类型危险》、《刀马旦》、《新蜀山剑侠》都是有趣的,即便口碑和票房都失利的《女人不坏》、《深海寻人》,也自有其趣味点。相对于那些坏电影,徐克的最大优点就在于对"趣味"的孜孜不倦,古代世界提供了那么多的素材,许多影人想到的却只是权谋、诡计。徐克给我们看到的古代世界里,却更多人性的丰腴亮烈、有情人的生死不顾,以及各种神秘诡异的事物,《狄仁杰之通天帝国》分明是个政治斗争故事,他也有本事在根本的态度上表达得像个逍遥派,我们的注意力,全被通天浮屠、出其不意的兵器、赤焰金龟、阴暗的"鬼市"所吸引。在 2010 年的电影世界里,《狄仁杰》是少数几个仅仅凭借预告片就能唤起观看期待的电影。

仅仅有趣就够了吗? 第五代都曾经是有趣的。"有趣"最终成立的条件,在于当事人永远追求有趣。今敏电影《千年女优》里的女演员,为了一个虚无缥缈的男人,在银幕上和生活里奔逐了一辈子,什么样的男人值得这么追求? 她最后一语道破天机:"我喜欢追逐中的我"。这追逐使她永葆青春,这追逐让她永远怀有生命热情,生命的密度和厚度都因此增加。

有趣是没有止境的,需要不停地追求。而我们之所以对徐克始终怀有期待,就是因为,他有趣,并且永远追求有趣。他有时会失败,有时会气力不济,但那种诚恳追逐的态度,所有人都看在眼里。而我们喜欢的,就是追逐中的徐克——对有趣的世界永远怀有孩童般热望的徐克。

她有这么拍的自由

如果为《世说新语》里的那句"我与我周旋久，宁作我！"寻找一个代言人，林黛玉倒挺合适。人情练达那一套，她不是不会，她只是不屑，她更愿意顺应自己，而不是世故人情。而李少红版的《红楼梦》，一旦细究起来，其实倒是一部林妹妹式的《红楼梦》。

要想拍出一部不过不失的《红楼梦》，让大部分人满意，大概不难，一百年来，《红楼梦》的影像化历程，脉络清晰，那就是始终不放弃戏曲渊源，即便是87版《红楼梦》也不例外，以李少红的职业素养来说，拍出这样一部仿戏曲的、气质上较为浑圆的作品，恐怕不难，她大概也知道，观众习惯，并且暗暗期待的，就是这样一部《红楼梦》。但那就不是她了，她的作品，风格都比较阴郁，从来都是画面和气氛优先，人物只是她的一枚小棋子——这大概是她敢于使用那么一批演员的根本原因，他们演成什么样，根本不要紧，她要的就是一个气氛。而新《红楼梦》里尽管有大量戏曲元素,比如额妆以及配乐里连篇累牍的昆曲,但那只是个壳子,它骨子里是反戏曲的。

一千个人有一千个哈姆雷特,这道理同样适用于《红楼梦》。在张爱玲等等红迷心目中,那是一部丰润华美的作品,但在有些人看来,《红楼梦》却显得鬼气森森,是典型的"幽闭型小说"。李少红呈现给我们的,就是她眼中的《红楼梦》和古代世界,那个世界恍惚迷离,人和事都带着一点不确定,永远有细碎飘渺的音乐在耳边响起,这个经过她的眼光染色的世界,可能和我们一向所知所感的不大吻合,却有可能更接近"梦"的本质。何况,即便那是毫无依据的,但她有这样感知和表现的权力,有权力用她的方式去探讨《红楼梦》的另一个面貌。这是一个创作者的基本自由。

宁财神在微博上提起新《红楼梦》,认为李少红应当代替萧若元,去拍3D《肉蒲团》,但问题是,《红楼梦》为什么不能拍成《肉蒲团》范儿呢? 如果向日葵可以被画成蓝色,如果达利可以画出一个软钟,李少红当然也可以拍出一个主观色的《红楼梦》。

甚至,因为资本的力量无比强大,因为电视剧普遍的千人一面,而她要动手的对象是《红楼梦》,这种努力还显得很珍贵,她和自己,和投资人,和想象中的观众周旋良久,还是宁可做她自己,硬生生地拍出了一个她想要的《红楼梦》,尽管这个《红楼梦》和很多人想的不一样。

而关于新《红楼梦》的争论里,最粗暴的一点就是,否认她有这样拍的自由。事实上,她拍成了什么样值得争论,她是否有这么拍的自由却不应该争论。她有这个自由。她其实是一个林妹妹式的创作者，本可以用较为顺利的方式被人接受，最终却选择了一条较为艰难的路。

青黄不接

刚刚谢幕的第 29 届香港电影金像奖，有两点尴尬。

尴尬之一，是《十月围城》一枝独秀，获得 19 项提名和 8 项大奖；尴尬之二，是影人的青黄不接越发明显，金像奖不得不延续前几届的怀旧作风，把影帝影后颁给了任达华、惠英红，两人的年龄加起来，足有一百，而作为新面孔出现的李宇春、李治廷、陈法拉、何韵诗、朱璇等人，或者是偶然客串，或者刚露头角，离挑大梁的还很远。而且，青黄不接的尴尬，在幕前幕后同样存在，黄岳泰、金培达、卢冠延，都是熟面孔，老人手。

这种状况已经持续了很长时间。2007 年，香港国际影视娱乐展开幕前，香港贸发局委托独立调查公司进行多项调查，结果是，成龙、周润发、刘德华、梁朝伟、李连杰依然占据着"最具票房价值男艺人"的前五位，而"最具票房价值女艺人"前五位则是刘嘉玲、张曼玉、杨紫琼、李心洁和蔡卓妍。这可以解释刘德华、梁朝伟为什么还要在银幕上扮嫩，因为无人可以接过他们的权杖。

是因为人种退化了？或者二十年前涌现出的男星女星格外优秀？或者当年的无线演员培训班有什么秘技，能让学员无视时空距离，牢牢占据观众的芳心达二十年。恐怕都不是。原因在于，演员的魅力、号召力是要作品和角色来造就的，这些牢牢占据银幕的"老人"们，生逢香港电影的黄金时代，每个人的履历上，都有若干经典作品，将他们慎重地托起，每个人的演艺生涯里，都有若干血肉丰满、形象高大的角色，令人过目不忘。

如果80年代的电影盛景始终延续，一直延续到今天，这点老本恐怕早就耗完了，但他们既幸运又不幸，他们遇到了90年代以后的电影饥荒。90年代后的香港电影，市道不好，所以不敢用新人；出品的电影也少，更加不可能用新人。新人一旦缺乏机会，就越发没有机会，如此恶性循环着。黄金时代的老辈明星，不得不一直撑着，继续挑大梁担重担，在现代整容技术和影像技术的支撑下，在偶像剧里谈情说爱。别的地方、别的时代的演员，如果说自己不退休是因为"观众不答应"，我们早已笑爆，由他们说出来，可能是真的。

90年代后期，香港电影缓慢复苏，成就一批男星，但中间已经有了15年的断层，所以，成龙、周润发与古天乐、吴彦祖等男星的年龄差距，刘嘉玲、张曼玉和李心洁、蔡卓妍的年龄差距，都在15—20岁左右，中间连个过渡也没有，于是电影里长幼不分、尊卑大乱，《宝贝计划》里，成龙扮的浪子，就得和古天乐做朋友。

一个好编导，一项电影政策，就足以在短期内成就几部好电影，但一个影人的成长周期，却在 15 年到 20 年之间，断层已经形成，青黄不接的状况，还要持续一段时间，香港电影，还将在很长时间里面对这种尴尬。

无愧于我们青春的那些声音

如果埃及艳后克列奥佩特拉的鼻子高一点或者低一点,我们的世界会是什么模样? 关于历史的偶然或者必然,至今仍在争议之中而无标准答案。但如果香港八九十年代电影,没有幕后配音,香港电影是否还会那样魅力四射? 关于这点,我们却有统一答案。

如果小马哥的传世名言"我发誓以后再也不会让我被人用枪指着我的头"由周润发亲身上阵,角色魅力一定大打折扣——我们已在《姨妈的后现代生活》中领略了周老师本人的国语台词功底,如果李连杰的台词全都来自本尊,英雄形象或许出现一点裂纹——我们曾在《英雄》中为李老师的声音感到过遗憾。同理,如果《唐山大兄》中李小龙的角色不是由张佩山配音,如果那一声"靖哥哥"出自翁美玲本人而非廖静妮,如果他们形象的力度没能配上语言的力度……这无数个"如果"一旦落实,"香港电影"恐怕就不是我们熟知的电影。因为，电影本就是一种"天时地利的迷信"，要的就是"原来你也在这里"那种毫无瑕疵的惊艳。

所幸，"香港电影"这间造梦工厂，谙熟影像之道，他们给银幕上的每一张脸，都找到了一张恰如其分的、声音上的脸。尽管，后期配音制度的出现，带着那么一点点不得已：为了节省成本，为了替那些说不好国语的年轻演员遮挡……但最终，这项制度有了一个明确的目标：为了银幕形象的完美。尽管，起先的配音技术十分落后，"只有两条声带一个麦"，配音不得不成为另一场声音的戏，就像配音演员姜小亮说的那样："比如这场戏有 5 个人，我们就 5 个人一起配，各用声音演一个，跟演员演戏是一样的，我们管这叫演音，互相有飙戏的感觉。"（魏君子《沧海月明珠有泪——话说香港电影国语配音》）但简陋的技术，却保证了感情的浓度，摸着石头过河，却迫使配音演员飞速进化，他们每个人都苦修内功，最终自成一家。

一串来自五湖四海的环，组成了一条金锁链，一堆零件在骰盅里摇，摇晃出一只装配精妙的瑞士手表。经济的、政治的、电影的各种因素，天时地利人和（也包括不利的、不和的），各种因与果一起作用，造就了我们看到的香港电影，以及香港电影的汁味。而汁味这个东西，是那么微妙、脆弱，所幸的是，这一切全部到位，克列奥佩特拉的鼻子没有高也没有低，周润发和李修贤用一种强有力的声音说着"你不像是个警察"，"你也不像是个杀手"，这个天堂电影院，才如此完美，并且无愧于我们的青春。

而如今,技术进步了,电影的情感却退化了,对白能够以字为单位凑出来了,语言的力度、交流的氛围却消失了,新的电影美学、得奖的需要,要求演员呈现真声,但效果却并不如人意。如何增加情感的浓度,如何在真实的需求和电影梦境之间找到一条中间道路,让电影重返天时地利的自信,是我们的电影面对的首要问题。

此道中人

《熊猫大侠》上映,媒体称之为"贱片",王岳伦欣然接受:"贱在网络用语里是褒义词"。只听这一句话,就该对这部电影的票房有信心,不错,他知道"贱片"、"贱喜剧"是什么,他是此道中人。

张爱玲在《论写作》中说的话,实在是一切创作者的金科玉律:"要低级趣味,非得从里面打出来。我们不必把人我之间划上这么清楚的界限。"要低要俗,都不难,难的是,你得是那种口味中人,是其中一员,天然洞悉一切要素,自然呈现该口味的所有风貌,并且毫无道德上的挣扎和放弃理想的愧疚,这种东西,稍微有一点点,观众立刻觉察了。

糟糕的是,常有人以俯就的姿态,以卧底的心态,去做那些他完全做不了的事。艰涩的文艺片导演,坚持认为,自己能文能武,能艺术能商业,能武侠能轻喜剧,结果溃不成军;五十岁的老影人,坚持认为,自己是青少年的知心人,只要把嗓子捏得脆一点,就能拍出他们所感所想,只要经过一个礼拜的田野调查街头采访,就足以掌握最深入骨髓的素材,以迎合所有九零后的少男少女,结果败得面无人色。

这种一厢情愿,屡屡被证明是行不通的,却屡屡有人勇敢地进行实践。其实,把"俗"看得太容易了,把搞定别人看得太容易了,都是行不通的。你得是此道中人,而不是那种一边带着壮怀激烈的文艺梦,一边作出呲牙咧嘴地接受了痛苦现实状的文艺无间道。这样拧着脸去接近青少年,马上会被贴上怪蜀黍的标签。

王岳伦的第一部喜剧《十全九美》,目标观众就十分明确,由网络作家编剧,充满网络段子、网络式谐语,又有网络红人和选秀明星参与,画面也是 MV 式表达,连插曲都刻意模仿方文山歌词,最后还选择了暑期档上映。所有这一切,都散发出特有的气味,引着那些目标观众前来,结果也正如他所愿。他未必拍得了《小城之春》,但他能完成他领域中的最好。

观看的理由

　　如果在最近十年的内地电影中选出少数几部够格的商业片，《风声》大概可以排在第一。但即便这样，我也在想，如果我们有电影分级制，这部片子会被定为什么级别？有资深影评人指出，要在美国，《风声》怎么着也得是 R 级——限制级，十七岁以下的观众需有家长或成年监护人陪伴始得入场。

　　粗话、酷刑、阴森的场景，还有顾晓梦和李宁玉的百合情，这一切，都颇具 Cult Film（豆瓣的 Cult Film 邪典电影小组给 Cult Film 的定义是"另类的，黑色的，怪诞的，诡异的，阴暗的"）风范，所以影评人 magasa 这样为它归类："这是中国内地第一部'剥削电影'（exploitation film），第一部 WiP（Women in prison）电影"。当然，是不是"第一部"还值得商榷，20 世纪 80 年代，中国大陆的 Cult Film 狂潮中，多的是这种题材、这种情调的电影，问题是，带着孩子去电影院看电影的家长，如何给孩子解释那个用在苏有朋身上的钉板的用途？如何掩饰周迅在大麻绳上惨叫带来的不安？如何才能防止孩子不把针刺酷刑照搬后用在同学身上？

这就又回到那个千呼万唤出不来的分级制上。现在谈论这个问题非常不现实，因为，政策制定方的潜藏逻辑是：1. 我们没有需要分级的电影。2. 一旦出台分级制就推翻了第一条。但现实的情况却是，没有分级制，我们看到的更多。20世纪90年代的电视剧《水浒传》、《三国演义》里，有大量血腥的镜头，最后的决战中，成千上万正面全裸的男人，裸体冲向战场，而电影《集结号》出来，震撼之余，也有人提出，这部电影是否适合向全体观众放开？是否应该以某种方式给出警示？

不过，观看富有刺激性的事物，是人类的天性，但道德的、文化的因素，又在约束人们的这种需求，使人们必须找到观看的理由。要想理直气壮地在银幕上呈现裸体和暴力，并让观众心安理得地观看，有一个秘诀，那就是给出观看的理由。就好像明清世情小说，一定要在宣淫之后，给主人公一个坏下场，再给出一大段说教，而 magasa 所提到的"Women in prison"电影，则装作要呈现纳粹的残酷，就连80年代风行一时的《世界残酷写真》系列，也提供观看的理由：给你看看世界的真相。《风声》同样给出了观看酷刑场景的理由——展现侵略者的惨无人道和义士的坚忍，这个理由不但是给观众的，也是给审查制度的，是深思熟虑的，更是符合主流价值观的，因此，它获得了通行证。

但这种理由并不难找，只需技术上的小小调整，就像八九十年代的电影《黑太阳731》、《慰安妇74分队》所做的那样。那么，没有分级制的我们，是否做好了准备，准备迎接得体理由之后那些积蓄已久的欲望？

姿色不够

要领略群众的聪明才智，只需等到每次大规模选角选美之后，"寻找紫菱"、"红楼梦中人"尘埃落定时，群众语录几乎是一箩筐一箩筐地倒出来，2000年之后的每届"香港小姐"竞选，几乎都可以用来说明，汉语的表达有多么丰富，光是"这些女人真丑"，就可以有几千种说法。

专栏作家指间沙说新《红楼梦》的最大问题是"姿色不够"，但举目四望，似乎当下的华语电影，都正陷入"姿色不够"的窘境，整容、化妆、灯光，全都阻挡不了美女们的整体褪色。复出后的张柏芝之所以喊出千万身价，完全因为，她是当下唯一一个在相貌和演技两方面，都有强大说服力的女演员，所以，她复出后的相貌变化、眉形、身材，都被细细评说，人们为她的相貌颓势表示惋惜，不得不替她辩解着："混血岁数大点都有这个问题"。如果华语电影是一支股票，单是张柏芝的眉高眉低，就足以让这支股票产生震荡。

电影是场梦境,娱乐圈,也是场梦境,姿色是这梦境的最大组成部分。杜拉斯在《广岛之恋》中,让男女主人公互相赞美:"你仿佛集一千名女子于一身","你是一千个男子合成的",电影中人,就要有这种合成人的魅力,不必一千个一万个那么夸张,一百个就好。然而,华语电影渐渐连三五个男人女人合成的演员都找不出来了,拿着现今演员的姿色水平,和林青霞、王祖贤比较,不由万分困惑,那可也都是人。人的姿色,怎么也可以这样三十年河东,三十年河西?

美女是种气候,一阵一阵的。即便好莱坞也有十分难看的时候,黑白时期刚过去,彩色时期降临,美女们突然整体减色,金发美女们,普遍看起来有点脏兮兮的,有段时间特别难熬,难熬到让人怀疑,电影还有没有存在的必要,终于挺过去了,摄影、化妆、灯光联合跟上,抚平了彩色时期的重创。60年代,靠着浓妆,又撑了一阵子,90年代之后,电影画面突然有了质的飞跃,美女们顿时又不能看了,难怪DVD成了气候,屏幕小,画面和色彩凝练,掩盖了演员的相貌缺陷。

但也不完全和影像技术有关,六七十年代的香港电影,罕有美女,80年代,姿色大爆发,就连喜剧角色,也个个让人惊为天人。而这个过程,正好和香港经济起飞至极盛的过程紧密相连,或许,美女是更为准确的时代元气指数。

硬件不足,只好声张气质。观众认为十二钗不美,李少红回应:"气质才是重要的。"陆川为杜鹃的辩护异曲同工:"我认为她身上有一种愿意用生命捍卫爱情的气质"。吴彦祖则落脚在努力上:"但我看到她很努力,一个星期就学会了骑马。"或许她和汤唯、周冬雨一样,提供一个气质挂帅的意外呢?且让我们拭目以待。

有时相见欢，有时多少恨

多年前，厚颜接了一个杂志专栏：为两月后才会全球公映的电影写介绍，以便文章与电影同时出笼，显得热气腾腾。我深知在我写稿的当时，恐怕连导演都没看到最后的成片——最终剪辑权不定在谁手里，却照旧得装作笃定写下去。但最后我有个发现，不论欧洲抑或美国，一段时期里最惹人关注的电影，往往来自畅销书，票房榜上位居前列的电影，也多半和某本书有染。电影不可能穿越至未来看到，原著却已经尘埃落定，匆匆读上一遍，至少可供我复述情节，再小心绕开新闻里那些据说被改编的情节，500 字已经有了下落。

当然，上述段落不在于说明小文人在海盗时期的两难，而在于说明，电影与文学的瓜葛由来已久，至今方兴未艾。小说为电影提供了最珍贵的资源：故事，以及这个故事在长久的阅读、流传之中，被附加上去的那些东西：温度、想象、期待，甚至适度的歪曲、修正，而读者，也完全有可能转化为观众——想想《达·芬奇密码》进入拍摄阶段时，读者们的群情激奋吧。小说不是赤手空拳地与电影合谋的，它是带着股份前来。当然，电影里的"文学"，也不仅仅限于藏匿在电影后面的某个成型文本，扩展开来，也包括电影里所有的文学元素：叙事、人物塑造以及细节和对白。

电影业并不欠缺同时拥有结构故事和呈现故事能力的巨匠，但现代社会，分工明确，多数时候，"故事"还得由那些专业讲故事的人来贡献，所以，福克纳、雷蒙德·钱德勒、詹姆斯·M.凯恩，乃至保罗·奥斯特，都曾被吸纳进电影业，而一部畅销书，往往顺理成章地走向电影。

只是，电影和文学的这种关系，有点像情人，经常是东风西风，你进我退，类似于香港作家迈克说"电影"和"城市"的关系："城市和电影之间的藕断丝连，说也说不清。而且像一切爱情故事，有时是相见欢，有时是反目成仇。"80年代的内地，文学是强势一方，电影倒像是攀附上去的，几乎所有的电影，都来自某部小说，"忠于原著"是最高标准，电影常常沦为小说MV，经常出现的一种景观是，观众看了小说去电影院，看完电影再对照小说，并严厉批评电影的改编。

但那个时代的文学，也没有亏待这种忠诚，因为有那么些好小说，从"四大名著"、《聊斋志异》，直到《当代》、《收获》上的小说，都饱满、结实，未被开采，导演只要做一个好读者就足够。第五代导演，就是被80年代文学美术音乐潮流共同成就的，他们创作能力的缺乏，被暂时遮盖着，而他们的作品题材，无论是寻根、怀旧、都市，都和当时的文学潮流一一对应。

90年代后半段，文学没落——也许不是没落，只是回归了它在生活中应有的位置，失去了深广的回应，作家们也失去了讲故事的能力，各种实验于是成了借口，像罗伯特·麦基所说："在一些文学圈内，'情节'已经变成了一个肮脏的词。"

更重要的是，电影人成为强势一方，他们开始剥离、扭转自己和作家的关系，像情人中富贵的一方开始趾高气扬。有时候难免矫枉过正。他们开始是组织作家创作班子，邀请作家做命题作文，随后开始雇佣更容易掌控的专业编剧，甚或自己动手。他们创作能力的匮乏，这时候被晾明在了沙滩上，那么些古怪苍白的故事……不说也罢。随后泛滥的娱乐化大潮，索性让电影制作者取消了电影中的文学成分，故事、人物、对白能否立得住都不要紧，要紧的是炒作的手段。

但当我们盘点这十年里，被我们记住的那些电影，却还是发现，它们必定和文学有深厚渊源，《卧虎藏龙》、《色，戒》、《风声》、《太阳照常升起》、《让子弹飞》、《山楂树之恋》，新近在威尼斯电影节扬威的《人山人海》，以及拍摄中的《白鹿原》，进入后期制作的《金陵十三钗》，都是如此。电影其实是个"鲭鱼世界"，但若让人沉迷其中，还是多少得有点实指，而文学所提供的，正是这种厚实的指向。电影人在一时得志之后，需要重新审视和均衡自己与文学的情人关系。

晶女郎流变史

水莲花时代

代表人物：邱淑贞　1991 年

其他：翁虹　李丽珍

　　20 世纪六七十年代的性感想象，和五百年前相比，也并无多少进化，性感尚未得到正名，欲望身后拖着铅锤，性感必须要与"淫"字扯上千丝万缕的关系，才算预先进行了自我谴责，得到通行的许可——请对照所有明清小说篇末的义正词严。此时的香港电影提出的银幕性感女神，或者潘金莲款，或者爱奴型，风骚挂相，刻薄入骨，嘴角还要点上黑痣算作盖章论定。女性形体也不主张后天精雕细刻，现实中长成什么样，银幕上呈现的就是什么样，女神们一律粗、矮、胖，而且臀位低，"不是坐着也像是坐着"，徐悲鸿的那张素描女人体，几乎可以视为这个时期性感女神的标准像。加上灯光和摄影的配合有限，女神们腾挪跌宕的时候，少的是轻盈，多的是沉重，少的是传奇性，多的是人生的笨拙无奈。

革命是80年代中后期才来的，时代渐渐开明，《1988年电影检查条例草案》生效，更为性感和淫荡划清界限添了油加了劲，邱淑贞或者李丽珍或者翁虹，是对从前女性性感形象的反动，她们妙在"不像"——不像"那种人"，她们面貌清纯娇羞，身材比例得当，秾纤合度，而且出身明朗，小家碧玉、履历简单——有选美比赛评审团和虎视眈眈的竞争者代为审查，连下巴动刀都获揭发，她们扮演纯真的豪放女，或者诡异的女羔羊，本尊和银幕形象有反差有跌宕，这符合那时代的审美需求，八零年代和九零年代前半段，人们要的是传奇性。

这是晶女郎的水莲花时代。

野玫瑰时代

代表人物：舒淇　1995年
其他：朱茵　钟真　杨梵

九零年代中后期的晶女郎，和前辈们相比，又有了变化，作为先驱的水莲花们，把性感藏在保守的外壳之下，含春威而不露，寓性感于清纯，半明半昧地迈出坚实的一步，而接下来，这性感破壳而出了。舒淇也好，朱茵也罢，钟真也好，杨梵也罢，迷离的眼神是统一商标，欲说还休、半启半闭的嘴唇是关键，在照片上，她们永远湿漉漉的,像母猫、母豹,她们的性感是开宗明义的,是明目张胆的,是不带批判性的,是减弱了自我谴责和中心思想的。

与上一代晶女郎相比,她们还多少有点来历不明气息诡异,更像是新大陆的第二批冒险家,有闻风而至的嫌疑,却也有另辟蹊径的艰难,所以水莲花们易得洗白,轻易上岸,多半有了好下落,她们却至今辗转。而流离辗转,是最容易滋生人生感悟的,所以她们个个有决心、有觉悟,后来都变成妇女运动先驱,"拒绝再玩","把衣服一件件穿回去"。

她们是荒野里的野玫瑰,兵行险着,奇袭栈道。跌宕是足够,但就是少了平和,于是给幸福留下了缺口。

机器美女时代

代表人物:林熙蕾

其他:Maggie Q　麦家琪

世纪之交给人一种错觉,似乎这并不单纯是一个数字的刻度,似乎跨过这个微妙的时间刀锋,就有历史的虫洞慨然出现,人人都能伴随理着查德·施特劳斯的《查拉图斯特拉如是说》,行进在奔向太空的路上。

这个时期的晶女郎,国际化是第一诉求,女郎们个头要高,体型要健壮,皮肤得是小麦色,统统像是刚从沙滩上锵锵地走回来的,相貌则是建立在端正基础上的那种美丽,眉眼开阔,天庭饱满,宝光璀璨,正大仙容,毫无妖媚之意,也不存撩人之态。

　　而且个个都有欧美生活的背景,履历亮堂堂仿似外科手术室,蓬门碧玉投身万恶娱乐圈的凄苦固然不能有,野玫瑰险境求存的诡谲也被断然抛弃,她们的卖点就是没有卖点,个性就是抛弃所谓个性,像冷战时期007电影里的克格勃女郎,她们神秘的坚不可破,就在于神秘背后其实什么都没有。王家卫没有邀请她们扮演2046年的女机器人,实在令人惋叹。

　　她们代表了我们对未来的性感想象:肉感的,同时也是冷感的,像安格尔画的裸女。新千年这样的时刻,大概也只能唤出这样的感触。

塑胶芭比时代

　　代表人物:孟瑶　刘洋

　　看看近几年香港小姐和亚洲小姐的比赛,就知道王晶为什么到内地来发掘新一代晶女郎:不短四肢即可列身"佳丽",五官周正就被感激涕零的观众奉为大热人选,即便如此,也还似模像样地传黑幕、爆猛料,似乎其中蕴含着不少意外和不公。

　　与她们相比,孟瑶、刘洋、唐嫣、唐一菲几乎天仙级别,却任挑任选,难怪王晶合不拢嘴,让她们走马灯似陪在身边。当然,最重要的,还有王晶进军内地电影市场的一点点野心——之所以是一点点,是因为那点野心早被挤压得不像野心,却还得披挂野心的外壳,勉力上阵。为完成这心愿,就得内地演员穿插其中,可惜再大牌的内地女演员,都脱不了一种粗胚子气,临时邀来,几乎格格不入到令人坐立不安,所以王晶索性将孟瑶刘洋这两位铆在身侧,努力使她们脱胎换骨。

好在她们资质不凡,习舞出身,又是最流行的芭比娃娃体型,腿长,腰细,肋骨似乎都要比常人少几根,完全与女性形体审美进化史合拍,王晶所做的,只是改造她们的气质,一个往"又甜又蠢"的路上走,另一个往神秘冷艳的道上去,都是八零年代传奇性女明星的经典路数。

王晶到底是信奉传奇性的,即便在只有塑胶芭比作为材料的时代,仍努力使传奇性借体回魂。

图书在版编目(CIP)数据

上帝是个不合格的药剂师/韩松落著. —2 版. —上海:上海三联书店,2014.6
ISBN 978 - 7 - 5426 - 4692 - 7

Ⅰ.①上… Ⅱ.①韩… Ⅲ.①随笔-作品集-中国-当代
Ⅳ.①I267.1

中国版本图书馆 CIP 数据核字(2014)第 048925 号

上帝是个不合格的药剂师

著　　者／韩松落

责任编辑／彭毅文
装帧设计／江　湖
监　　制／李　敏
责任校对／张大伟

出版发行／上海三联书店
　　　　　(201199)中国上海市都市路 4855 号 2 座 10 楼
网　　址／www. sjpc1932. com
邮购电话／021－24175971
印　　刷／上海肖华印务有限公司

版　　次／2014 年 6 月第 2 版
印　　次／2014 年 6 月第 1 次印刷
开　　本／890×1240　1/32
字　　数／140 千字
印　　张／7.25
书　　号／ISBN 978 - 7 - 5426 - 4692 - 7/I · 849
定　　价／29.80 元

敬启读者,如发现本书有印装质量问题,请与印刷厂联系 021－66012351